神鬼之家

紀嬰——著

-下-

貳 第一條校規 貳

高寶書版集團

目錄
CONTENTS

第七章　體育課代課時間

體育老師的橫空出世，在無時無刻潛藏著危機的白夜裡，增添了一抹難以言喻的感慨與心酸。

雖然心中覺得離譜又好笑，但白霜行沒放鬆警惕，緊緊盯著講臺上那位由九門科目拼接而成的體育老師。

——姑且叫它體育老師吧。

出乎意料地，它筆直地站在講臺之上，九本課本同時一顫：「這節課，我們來寫作文。」

同學們愣住。

「老師。」有人發問：「寫作文的意思是……在紙上寫，就可以了嗎？」

「當然。」怪物笑了笑：「不然作文還能怎麼寫？」

「咦。」白霜行看向監察系統六六三：「在這場白夜裡，居然有不用實踐的科目嗎？」

腦海中的白裙子小人一動也不動，神情木然。

六六三：『……』

為什麼不用實踐……它哪裡知道啊！

在它原本的設想中，體育課上，學生們將被傳送到一座萬分凶險的嶙峋高峰，不僅要注意腳下安全，還要躲避野獸追擊和突如其來的洶湧洪水。

對應體育課的「長跑」、「游泳」和「耐力」，非常合適。

但現在。

它不得不懷疑，體育老師是在逃避。

連續三節課出了教學事故，三名老師全都當場慘死，要是再來一節同樣驚心動魄的體育課，或許，可能，它也會被白霜行一刀了結。

被一次又一次占用課程後，體育老師已然心如止水，沒有那些世俗的渴望，只求平平安安度過就好。

六六三：『……』

前有宿舍鬼怪被連環檢舉，後有體育老師摸魚上課，這場白夜裡的反派們，還有能打的嗎？

「老師。」季風臨說：「您還沒告訴我們作文的主題和字數範圍。」

體育老師回身看他。

一本本課本再度顫抖，彷彿正在竊竊私語，好一陣子，怪物回答：「主題……就母愛吧，字數不限，讓我滿意就行，記得在下課之前交上來。」

這是個非常籠統的要求。

學生面面相覷。

但沒辦法，茫然歸茫然，體育老師規定了一節課的時間，在下課鐘聲響起之前，他們必須寫完。

教室一時間安靜下來，很快，響起紙頁翻動時的嘩啦輕響，和桑蠶啃葉般的書寫聲。

大約二十分鐘後，一個男生小心翼翼舉起手：「老師，我寫完了。」

講臺上的怪物看起來很滿意，語氣裡噙著笑：「來，讓我看看。」

「……那個男生是我們班上的國文小老師。」坐在後桌的陳妙佳小聲解釋：「作文滿分六十，他每次都是五十多。」

中性筆在手指間輕輕一轉，白霜行望向講臺。

「母愛」是個很常見的題目，對於高中生而言並不困難。

國文小老師既然敢主動舉手，一定對自己的作文品質很有信心。

男生快步上前，靠近體育老師時，躊躇一下，把手裡的作文本放上講桌。

拼接怪物拿起作文本，低下頭。

它看得很快，從頭到尾閱讀完畢，只用了三十秒鐘。

「嗯……」體育老師晃了晃腦袋：「我想想，應該打多少分呢？」

它的聲音很輕，卻引得學生們緊張地屏住呼吸。

——體育老師的要求廣泛又模糊，他們不知道什麼才算是讓它滿意的作文，更不知道，一旦無法讓它滿意，會遭到怎樣的處罰。

四下無聲，教室裡的時間彷彿停頓了。

緊接著，九本課本簌簌一動，白霜行聽見九道截然不同的聲音。

它們混在一起，讓人聽得不甚清晰，她努力分辨，聽出其中幾句。

「看不懂，二十！」

「毫無學術性，十。」

「辭藻優美，情感真摯，很好很不錯，五十。」

「不感興趣，十。」

當九道嘰嘰喳喳的聲音落下，體育老師點了點頭，拿起講桌上的紅筆。

然後在作文本上寫出一個大大的數位——三十。

講臺上的國文小老師低呼出聲：「三、三十？」

臺下一片譁然。

「這是經過我精確計算和仔細考量後得出的結果。」體育老師的語氣裡多出一絲惋惜：「可惜，這篇作文沒通過。還剩下點時間，同學你不如重寫一份。」

男生從小到大沒拿過這種低分，一時忘了害怕，只覺得匪夷所思：「老師，我這篇作文的問題在哪？」

怪物垂頭，靜靜看他。

「我也說不清。」體育老師：「可能……感覺不太對？」

它說完看牆上的時鐘一眼，語氣悠然自得：「同學們抓緊時間。如果在下課之前，有誰不能交出讓我滿意的作文，會受到懲罰哦——要稱得上滿意，分數至少要有四十吧。」

「……不是吧。」陳妙佳撓頭：「連他都只拿了三十分……我豈不是連二十都沒有！」

而且時間所剩不多了。

只剩下二十分鐘左右的時間，他們怎麼揣摩得出體育老師的喜好？

「我就知道不會那麼簡單。」沈嬋嘟囔：「讓它滿意……誰知道怪物的思考方式是怎麼樣的？」

話音方落，就聽身旁的凳子動了動。

沈嬋一個激靈，轉頭看去，白霜行從座位上站了起來。

她張口想說什麼，白霜行揚唇笑笑：「不用擔心，就算作文不過關，也只是重寫一遍而已。」

在下課鐘聲沒響起之前，他們處於絕對安全的狀態。

她步步上前，靠近體育老師時，怪物往後縮了下身子。

六六三：『……』

你有點出息好嗎！

「老師，」白霜行禮貌微笑，「我寫完了。」

這一次，體育老師同樣花了三十秒進行閱讀。

沈嬋情不自禁感到緊張，暗暗握緊手中的筆。

白霜行成績很好，作文一直是她的強項。

但從體育老師不久前給出的分數來看，似乎，它並不在意文筆。

作文不看文筆，還能看什麼？

一陣子後，怪物抬頭，拿起桌上的紅筆。

在那一霎那，沈嬋聽見那幾道嘈雜的聲音。

「不錯，有趣，四十五。」

「融會貫通，五十。」

「這什麼東西？二十，友情分，不能更多！」

「出現我喜歡的描寫，五十五。」

「……」

「嗯，不錯。」體育老師點頭：「總分四十五，再接再厲！」

——四十五。

陳妙佳睜大眼睛。

白霜行究竟寫了多麼驚天地泣鬼神的作文，才能得到那九本書的一致好評？

不對。

準確來說，應該是八本，其中一本覺得這篇作文奇爛無比，只給了二十分。

白霜行笑著道謝，從體育老師手中接過作文本，剛回到座位，沈嬋和陳妙佳好奇地湊上來。

白霜行很大方，把作文本直接遞給她們。

沈嬋翻開第一頁。

標題：雨中的媽媽。

很樸實無華，很言簡意賅。

陳妙佳期待值拉滿，繼續往下看。

『從前有個孩子叫角A，有天夜裡角A生病發高燒，媽媽很焦急。』

陳妙佳：「……」

嗯？這個文風這個主角，好像不太對勁？

『由於水氣受到上升運動，在高空凝結形成雲，雲裡的水滴相互碰撞並最終墜落，天上下起了雨。雨太大了，媽媽攔不到計程車，於是打起雨傘，把角A揹在身上，走向醫院。』

陳妙佳：「……」

好像，忽然出現非常突兀的物理知識？

『醫院修建於一八九四年的甲午戰爭時期，離家很遠。媽媽沒有怨言，揹著角A穿過一望無際的大平原，穿過嶙峋起伏的陡崖，穿過九十度直角一樣的高山峽谷，也穿過被地下水溶蝕而成的喀斯特地貌。』

陳妙佳：「……」

這些奇怪的歷史知識、數學知識和地理知識是從哪裡冒出來的？而且這位英雄母親，揹著她的角A孩子萬里大長征了吧！

『走著走著，忽然有一輛車停了下來。司機是個外國人，打開車門說：「Hi！需要幫忙嗎？」多虧有他，角A和媽媽順利抵達了醫院。媽媽千恩萬謝，而他擺擺手，說：「不用謝。實現善良社會風氣，從小事做起。」』

陳妙佳：「……」

所以英語和公民也沒逃掉嗎？這位媽媽都能萬里長征了，還要什麼車？

『經過檢查，原來角A之所以會發燒，是因為體內的白細胞為了吞噬細菌，不斷增加導致消耗氧氣過重，從而引起發熱。』

陳妙佳：「……」

她已經不願吐槽。

『角A躺在病床上，看著媽媽頭上一根根因為缺少黑色素而生出的白髮，那一刻，角A的感恩之情就像正弦函數曲線一樣，洶湧起伏。』

『多麼偉大的母愛啊！』

陳妙佳嘴角輕抽，保持微笑。

所以，誰能告訴她——

角A這種東西怎麼會有媽啊！

「很好。」沈嬋由衷感嘆：「不愧是霜霜。」

「體育老師由九門科目的任課老師組合而成，要令它滿意，也就是讓大多數老師同時感到滿足。」白霜行說：「簡而言之，就是把每個科目的內容放進去，來一場大雜燴。」

她想起自己唯一一個低分：「不過這樣一來……從國文的角度看，確實連二十分都不值。」

所有人必須在下課之前寫出作文，否則將受到體育老師的懲罰。

白霜行沒有吝嗇提供經驗，很快把作文傳閱給班裡的其他同學。

「——白霜行同學。」國文小老師盯著作文看了整整五分鐘，也瞳孔地震了五分鐘，良久，打從心底裡發出感慨：「是個人才。」

多虧有白霜行的大雜燴範本，所有學生順利通過了體育課。

幸運的是，按照課表安排，接下來是國文、數學的連堂課。

國文老師與數學老師雙雙殞命，班導師秦夢蝶推開教室的門，通知今天下午全員自習。

自習課沒發生任何變故，同學們終於能得到幾個小時的短暫喘息，有的直接趴在桌上睡覺，有的暗暗討論應該如何從這裡逃出去。

不知不覺，到了放學時間。

沈嬋敏銳察地覺到，白霜行下課起身的速度格外快，似乎很想儘快回到宿舍。

她有些好奇：「怎麼了？」

「大概想明白一些事情。」白霜行笑笑：「不過有個疑問一直想不通……或許，可以去宿舍裡問問祂們。」

沈嬋：「祂們？」

夜，宿舍。

走廊空蕩無人，寂靜闃然。

一個哭泣著的女孩站在轉角處，長髮低垂，掩蓋住大半張臉。

她小聲哭著，脊背不停顫抖，眼淚是刺目的猩紅色，一滴滴落在地面上，綻放出一朵朵詭譎的血花。

然而仔細聽，她的聲音並不是在哭，而是……

無比怨毒的、如同午夜老鼠一樣陰惻惻的冷笑。

忽然，女孩聽見越來越近的腳步聲。

她用力咬牙，眼中更顯狠戾。

昨天晚上，她被惡毒的人類狠狠坑了一把，不僅沒殺掉那人，還受到校規的嚴厲處罰。

她元氣大損，虛弱得連行走都難。

不管現在靠近的無辜學生是誰，她都要把對方撕碎嚼爛、酣暢淋漓地發洩昨晚遭遇的委屈！

女孩目光漸冷，猛然抬頭。

萬萬沒想到，居然對上一雙熟悉的鳳眼。

有那麼一瞬間，身為一隻令人聞風喪膽的厲鬼，她往後退了一步。

「妳還敢來？」她氣得咬牙切齒：「我今晚一定要——」

話沒說完，就見走廊裡的燈光啪嗒滅掉，陷入黑暗。

——不會吧，還來！

她雙腿一軟，但很快，燈光重新亮了起來。

白霜行站在走廊上，朝她溫和地笑了笑。

這傢伙……她想幹什麼？

猜不透對方心裡的想法，女孩露出十足警惕的防備姿態。

「我的朋友在控制電閘。」白霜行：「如果再發生和昨晚一樣的事情，妳會不會魂飛魄散？」

她有個朋友，在拉電閘。

女孩眼角一抽。

這麼無恥的話，她怎麼能如此理直氣壯地說出來！

心裡這麼想，女孩還是生出難以抑制的恐懼。

白霜行所言不假，在這場白夜裡，她並非實力強勁的厲鬼，如果再被校規懲罰一遍……

後果她不敢想像。

「妳別怕，我不是什麼壞人。」白霜行笑笑：「我今天來，是想問妳一些問題，只要妳願意配合，燈光就不會熄。」

女孩：「……」

在暗中觀察一切的系統六六三：『……』

聽聽妳說的是人話嗎？「我不是什麼壞人」？捫心自問，從妳用熄燈作為威脅的籌碼起，還配講出這句話嗎？

更讓六六三感到抓狂的是，白霜行薅完它的積分後，似乎又找到另一種全新的薅羊毛方法。

——她開始壓榨宿舍裡的鬼怪了。

女孩猶豫再三，冷眼開口：「妳要問什麼？」

「第一個問題。」白霜行說：「妳為什麼會出現在宿舍裡？」

「我不知道。」女孩斬釘截鐵：「我從有意識起，就在這裡了。」

這種與校規內容密切相關的事情，果然不能直接問出來。

白霜行：「第二個問題，知道秦夢蝶老師和校長嗎？他們是否有過矛盾？」

女孩想了想，搖頭：「我只見過他們幾次，那兩個人，就是很普通的上下級關係。」

「謝謝。」白霜行笑：「最後一個問題，他們兩個，有沒有什麼古怪的地方？」

「怎樣才算古怪？」女孩偏了偏頭，血淚順著眼角滑落：「都很正常啊。」

她話沒說完，走廊裡的燈光又暗下來。

下一秒重新亮起，眼前恢復光亮。

白霜行還是笑盈盈地看著她。

……欺人太甚、欺人太甚！

「我們不敢去校長辦公室。」女孩憤憤，敢怒不敢言：「我們覺得，那裡有什麼東西。」

白霜行一愣：「讓你們這些鬼怪不敢靠近的東西？是好是壞？」

關於校規的內容，其實她已經參透了大半。

但思來想去，總有一個問題得不到解答——在整個故事裡，校長究竟扮演什麼樣的角色？

她想過職場矛盾，也想過校長代表著學校裡規則的維護者，但現在看來……

在他身上，還隱藏著更多祕密。

不知道為什麼，她心中隱隱生出一股不太好的預感。

「我不知道。」女孩皺起臉蛋：「總之就是，讓我們覺得很有壓迫感，只想遠遠逃開。」

「這樣。」白霜行若有所思：「我明白了，謝謝妳。我再去問問其他人。」

和雞飛狗跳的中午不同，今天入夜後，是風平浪靜的美好時間。

值班室裡，舍監阿姨悠閒躺在木椅上，慢慢飲下一口茶，清香撲鼻。

她的心情不錯，正打算舒舒服服打個盹，忽然，有人敲響了值班室大門。

都這個時候了，還有誰會來。

舍監阿姨抬頭：「請進。」

見到推門而入的學生，她不由一怔。

居然是中午違反校規的不良學生之一，那個一邊笑一邊掉眼淚的女孩。

阿姨略感詫異：「同學，怎麼了？」

女孩握緊雙拳，義正辭嚴：「我……我檢舉！實名檢舉白霜行！」

「是嗎！」觸犯學校規則的學生絕不能容忍，阿姨正色：「孩子別怕，那個叫白霜行的同學做過哪些事，妳儘管告訴我就好。」

為了讓對方更好地思考，舍監阿姨好心提示：「她是遲到早退，還是忤逆了老師定下的規則，或者是沒把宿舍當成自己的家，到處搞破壞？」

女孩：「……」

她呆住。

白霜行，有違規過嗎？

「呃……」女孩試探性開口：「那個，她拉了電閘，算嗎？」

「拉電閘？」舍監阿姨抬頭仰望，房間裡燈火明亮：「電路還好好的……不算破壞吧？」

她話音方落，又聽見一陣敲門聲。

循聲看去，居然還是中午來過的老朋友。

那個一團漆黑的人影。

人影與女孩錯愕地對視一眼，而後看向舍監阿姨：「阿姨，我檢舉！我實名檢舉白霜行！」

「白霜行，怎麼又是白霜行？」舍監驚訝：「這次她幹什麼了？是遲到早退，還是忤逆了老師，或者是在宿舍裡到處破壞？」

人影：「呃……」

人影撓頭：「她拉了電閘，還以此威脅我，算嗎？」

一句話剛說完，就被急促的敲門聲打斷。

不斷哭泣著的幽靈淒淒慘慘戚戚：「阿姨，檢舉，我實名檢舉有人欺負同學——」

祂一頓，看向值班室裡的兩個老熟人，荷包蛋淚眼：「你們怎麼也在這？」

舍監阿姨的表情瞬間嚴肅：「是誰？怎麼欺負人？」

「白霜行。」幽靈咬牙切齒：「她拉電閘！」

舍監阿姨：「……」

舍監阿姨：？？？

拉電閘和欺負人，這兩件事有一絲一毫關聯嗎？

舍監阿姨沉默半晌，猶豫道：「這件事校規管不了，要不然……你們三個去把電閘揍一頓？」

一時無言。

三隻擁有相同遭遇的鬼怪彼此相望，無語凝噎，明白了。

不只祂們，把視線轉到這邊的監察系統六六三也陷入沉默。

這哪是鬼怪開會，分明是群羊薈萃。

一隻羊的羊毛薅完了，再逮著另一隻薅，普天之下莫非她土，率土之濱莫非她羊。

哦，差點忘了，它也是其中一隻。

想著想著，對於這幾隻不爭氣的小鬼，六六三號憑空生出幾分怨念。

在正常的白夜挑戰中，挑戰者們根本不可能鑽規則的漏洞，利用隱藏任務賺積分。

結果在這裡，白霜行不僅卡著Bug賺了個爽，居然還把專門針對人類設計、對人類而言極度危險的種種規則反向利用、為己所用，透過校規制約鬼怪。

現在倒好，不僅任課老師一個個沒了性命，連鬼怪們都被她逼到不得不前來檢舉。

沒錯，祂們像剛進入校園的小學生一樣，委屈兮兮地向老師打小報告。

——拜託，哥哥姐姐們，你們是反派啊！能拿出一丁點的反派氣魄嗎？你們這樣做，是不是還指望得到一個「報報報報告老師」的隱藏任務獎勵？

第八章　校長室

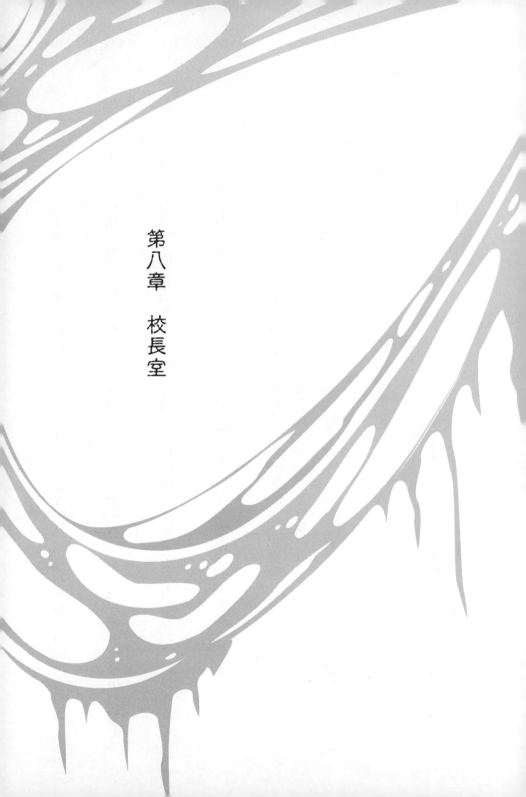

一樓值班室裡，鬼怪們與監察系統六六三號心碎連連，然而身為罪魁禍首的白霜行本人，對此一無所知。

她心情不錯，懶洋洋打了個哈欠，與宿舍裡的鬼怪們進行一番「友好交流」後，回到五樓的寢室中。

負責拉電閘的沈嬋意猶未盡：「可惜六六三把隱藏任務取消了，否則我們可以一夜暴富。」

江綿跟著她奔波整整一天，這時已是精疲力竭，被白霜行摸摸腦袋後，早早上床睡覺。

其他女生早就回到寢室，見她們終於回來，紛紛從床上探出腦袋。

不知不覺間，似乎只要有白霜行陪在身邊，學生們就能覺得安心一些。

「宿舍裡目前很安全，不會出事。」白霜行笑笑，聲音很輕：「妳們好好休息吧，明天還有課要上。」

陳妙佳好奇：「妳剛剛調查出什麼了嗎？」

說實話，直到現在，她都對白霜行的種種操作感到震驚。

正常人遇到鬼怪，一定會驚慌失措地四處奔逃，只要活下去就萬事大吉，怎麼可能有時間思考反殺。

結果白霜行不僅成功反制，還把宿舍裡的鬼怪們變成了她的……怎麼說呢，有問必答的提問箱？

白霜行誠實回答：「鬼怪們也不清楚自己為什麼會出現在這裡。祂們沒有太多生前的記憶，只知道要按照校規殺人。」

她說著移開話題：「妳們對秦老師的印象很好，那校長呢？他是個什麼樣的人？」

寢室裡安靜了一瞬間。

「校長——」陳妙佳思忖幾秒：「普通的學生，應該和校長沒什麼交集吧？」

這句話說得沒錯。

校長不像任課老師，能和學生們朝夕相處。對於大多數高中生而言，「校長」這個職位，就如同天邊遙不可及的太陽。

太陽的光芒映照八方，每個人都能遠遠看到，但歸根結底，沒人能真正靠近它。

「校長在興華一中任職很久了。」齊瀏海女生小聲說：「他平時看起來挺親切的，如果有學生向他問好，校長一定會笑著回應——所以我們對他的印象不差。」

沈嬋挑眉：「他沒有任何不好的傳聞嗎？」

「沒有。」另一個女生搖搖頭：「如果他真的做過不好的事情，一旦傳出去，也沒辦法像現在這樣一直當校長吧。」

「那，」白霜行說，「校長辦公室呢？有誰進去過嗎？」

除了陳妙佳之外的兩個女生面面相覷，不約而同地搖頭。

對於這個結果，白霜行並不驚訝。

「妳問校長辦公室幹什麼？」齊瀏海女生想了想，突然轉過頭去：「要說的話……啊，對了，陳妙佳是不是去過一次？」

陳妙佳被叫到名字，神色微滯。

白霜行也看向她。

「去過。」陳妙佳的聲音有點悶：「怎麼了？」

白霜行開門見山：「妳覺不覺得那裡有什麼不同尋常的地方？比如裝潢古怪，或是讓妳覺得陰森森的？」

在此之前，她把宿舍裡能找到的鬼怪通通問了個遍。

有些鬼怪完全喪失理智，有些勉強還能溝通，向祂們問起校長時，都說並不清楚他的為人。

但提起校長辦公室，有不少鬼怪露出恐懼的神色，和流淌血淚的女孩一樣，聲稱那裡散發著不可靠近的氣息。

白霜行當時就覺得奇怪，繼續追問下去，祂們卻只說毫不知情。

能讓鬼怪們如此畏懼的……究竟是什麼東西？

後來回宿舍時，她問了問江綿的看法。

女孩認真思索一下，正色告訴她：鬼怪因為怨氣凝集而成，很少會產生類似「恐懼」的情緒，如果真的有什麼讓祂們不敢靠近——

最大的可能性是，那裡藏著一個比祂們更加強大恐怖的厲鬼。

一邊回想，白霜行一邊等待陳妙佳的答覆。

「校長辦公室裡的裝潢很正常，是普通辦公風格。」任何線索都可能成為破局的關鍵，陳妙佳沒有隱瞞：「不過……它的位置很特別。」

白霜行：「位置？」

「所有老師的辦公室，都集中在教學大樓左邊的走廊盡頭；而教務處和祕書辦公室，則在行政大樓裡。」陳妙佳說：「只有校長辦公室，單獨在教學大樓一樓的右邊。」

她想了想，繼續說：「校長辦公室旁邊，是雜物室和資料室，平常沒人進去——校長每天要處理學校裡的事務，肯定會和其他老師經常聯絡吧？為什麼偏偏要在那種地方？」

確實奇怪。

白霜行靜靜地聽，微微頷首。

「我當時自言自語提了一嘴，說走廊裡好安靜。」陳妙佳說：「沒想到校長居然聽到了，還特地解釋，說他喜歡安靜的地方。」

沈嬋皺著眉，心裡生出不太好的預感：「專門避開所有人……他不會在做什麼見不得光的事吧？」

「不知道。」陳妙佳搖頭：「我進去之後沒覺得不對勁，只是稍微有點冷——辦公室外面是棵大樹，太陽被樹蔭遮住了。」

她提供不出更多的線索，白霜行點點頭，話鋒一轉：「說到這件事……能冒昧問一問，妳為什麼會去校長辦公室嗎？」

陳妙佳的表情又是一僵。

她顯然不想回答，卻無可奈何：「……因為我媽。」

陳妙佳語氣漸冷：「我媽來布置宿舍，結果和我吵起來，在宿舍裡發瘋。秦老師勸她沒用，後來實在沒辦法，就找到校長了。」

白霜行心下一動：「校長怎麼解決的？」

「還能怎麼解決。」陳妙佳聳肩：「就是那一套大人的話術唄，消消氣，孩子不懂事別和她計較——然後讓我向我媽道歉。」

她說完嘟囔一句：「秦老師就不會那樣。」

看來她真的很喜歡秦夢蝶。

白霜行順水推舟：「秦老師怎麼說？」

陳妙佳坐在床上，不知想到什麼，眉梢輕挑揚起嘴角，有些得意的樣子：「她說我媽因為弟弟遷怒於我，是沒有道理的行為，讓我不要太難過。」

白霜行也笑了笑。

「謝謝。還有最後一個問題。」她靜靜思考著什麼，眼中隱有微弱的亮光：「風紀股長被班裡的學生欺負，能說說當時的詳細情況嗎？」

「唔……」陳妙佳眼珠一轉：「就是那些大家都知道的把戲——集體孤立他、嘲笑他、往他抽屜裡塞垃圾之類的。這件事有什麼蹊蹺嗎？」

白霜行搖搖頭。

她沒說話，唯有眼底的亮色愈發濃郁，斜斜倚靠在書桌旁，彎了彎嘴角。

這樣看來，她的設想應該沒錯。

接下來需要探明的……就是校長辦公室裡的祕密了。

到了宿舍規定的熄燈時間後，任何學生都不能離開寢室。

夜晚無法行動，白霜行趁機睡了個好覺。

第二天鬧鐘響起時，窗外的天色尚未完全亮起，不得不說，高中生的起床時間實在折壽。

江綿很乖地按時醒來，反倒是沈嬋這個姐姐表現出千般不願——

她和白霜行都是大學生，很久沒這麼早起床過。

來到教室，在睏倦疲憊的狀態中上完早自習，就到了前往學生餐廳吃早餐的時間。

白霜行和沈嬋對視一眼。

比起吃早飯，她們有更重要的事情要去做。

——都說耳聽為虛，眼見為實。

與其向別人詢問校長辦公室的異常，倒不如親自進入其中，看看它到底藏著怎樣的問題。

陳妙佳說過校長辦公室的位置，在第二棟教學大樓的一樓盡頭。

時間緊迫，趁著早餐時的幾十分鐘空隙，帶著江綿一起，兩人一鬼前往目的地。

「如果等一下我們進去，發現校長還在辦公室裡，就由我隨便編個藉口把他引開。」

走在教學大樓的走廊上，沈嬋小聲開口：「希望他去吃早餐了……咦，綿綿，妳怎麼了？」

江綿跟在她們身邊，神情微沉，抿了抿唇。

白霜行反應過來：「妳也感受到那些鬼怪口中的『壓迫感』？」

「……嗯。」江綿點頭，遲疑地補充：「我覺得，很危險。」

校長辦公室位於走廊盡頭，正如陳妙佳所說，這裡安靜得過分。

窗外是一排排蔥蘢樹木，遮擋了本就寥寥無幾的光線，放眼望去，處處是枝葉黢黑的倒影。

是槐樹。

……傳說中凝聚陰氣的樹中之鬼。

來到辦公室前，白霜行抬手敲了敲門。

沒人回應。

她看沈嬋一眼，手上用力，按下門把。

伴隨吱呀一聲輕響，房門打開。

屋子裡沒人。

白霜行放輕腳步，閃身進入房中，沈嬋和江綿緊隨其後，重新鎖好門。

校長辦公室裡的裝潢風格十分樸素，沒有任何花俏的裝飾品。

這裡面積不大，整齊擺放著一張書桌、一把辦公椅和一個書櫃，靠近門邊的位置，還有一張會客用的長條沙發。

完全看不出有什麼問題。

——前提是，江綿的臉色沒有越來越差的話。

白霜行注意到女孩的變化，溫和出聲：「綿綿如果實在不舒服，去外面等著我們，好不好？」

江綿搖頭：「我沒事。」

她眨眨眼：「我不是覺得難受……只是有點害怕。」

江綿本身就是白夜挑戰中的終極厲鬼，實力比一般鬼魂更強，能讓她害怕……

白霜行眸色暗了暗：「妳能感覺到，那股氣息是從哪裡傳出來的嗎？」

江綿認真點頭：「我試試。」

她全神貫注尋找氣息的來源，白霜行與沈嬋則抓緊時間，在校長辦公室裡展開探索。

書櫃有兩個，其中一個擺滿了厚重的書本，另一個可能是最近新買來的，裡面略顯空蕩，只有十幾本教育學著作。

沈嬋搜查書櫃，白霜行則直奔辦公桌。

桌上乾淨整潔，電腦前擺著幾份文件，白霜行粗略掃視，是很尋常的教學工作報告。

她逐一打開桌下的抽屜。

在白夜挑戰中，一定會為挑戰者們提供必要的線索。

既然人與鬼都覺得校長辦公室不對勁，那在這裡，必然藏有關鍵資訊。

資料夾、檔案袋、幾個信封、一本很舊的書——

忽然，白霜行的動作停住。

翻開那本老舊泛黃的書籍，其中一頁，夾著兩張信紙。

信紙有被折疊過的痕跡，紙上的字跡潦草不堪。

第一張寫著：『就定在十月十號吧？天時地利人和，這次一定能成功。』

第二張的字體更加凌亂：『靠，她好像發現了，那女人難道一直在調查我們的事？她不會多管閒事吧？十號馬上就要到了……這件事絕對不能讓別人知道！要不然我們，找個機會？』

果然是這樣。

心中零散的碎片漸漸拼湊成型，白霜行深吸一口氣，張了張口：「沈嬋、綿綿，找到了。」

沈嬋一愣，快步走來。

「十月十號。」沈嬋一眼就看見這個日期：「是秦老師日曆上標注的時間。」

「嗯。」白霜行點頭：「從紙條上看，校長和某個人打算在十月十日做些什麼，結果被秦老師提前發現。紙上用了『多管閒事』這個詞，說明那件事本身和秦老師沒有關係。」

「還有這句『找個機會』——」沈嬋皺眉，心底莫名發冷：「他們想……殺了秦夢蝶？」

她想到什麼，恍然大悟：「所以這場白夜裡怨念最深的厲鬼，是被校長害死的秦夢蝶？」

「很大機率是的。」白霜行垂下眼睫，輕輕開口：「而且……關於校規的含義，我或許解出來了。」

沈嬋如同乖巧的小學生，雙目炯炯有神，目不轉睛地看向她。

摩挲著手裡的信紙，白霜行說：「還記得第一次見到校規時，我開的那句玩笑嗎？」

沈嬋當然沒忘：「妳把日常生活裡的現象變了個說法，用類似校規的形式講出來，還有模有樣的。」

「文字之間加油添醋的組合排列，往往能形成不同的效果。」白霜行若有所思：「想要探究真相，其實只要剝離那些神神鬼鬼的描述，就能看到本質。」

江綿歪歪腦袋，露出茫然的表情。

白霜行笑了笑。

「打個比方，陳妙佳昨晚說過，她媽媽來宿舍時，把她大罵了一頓，對吧？」她說：「再想想，在宿舍裡，我們見過什麼？」

沈嬋怔了怔。

她腦袋活絡，迅速給出正確的回答：「我們遇到一隻形狀是嘴巴的怪物！」

現在回想起來，怪物嘴裡還在含含糊糊說著什麼，像是很多人彙聚在一起辱罵。

白霜行點頭：「還有，風紀股長曾經被班裡的調皮學生集體霸凌，陳妙佳說，他被排擠孤立，抽屜裡經常被塞一些奇怪的垃圾。」

「校規也提過，書桌中可能出現碎肉。」沈嬋漸漸明白了：「所以——校規裡的內容，其實都對應著學生們經歷過的事？」

白霜行不置可否，伸手探向上衣口袋，拿出印有校規的紙，鋪展開來。

「這是班導師給出的校規。」她說：「在此之前，我們先回想一下校長版本的規則。」

校長版本規則，第三條。

『如果聽見角落裡傳來哭泣聲和哽咽聲，請儘量不要移動，也不要出聲。』

忽略靈異神怪的因素，如果把背景代入到校園的日常生活中——

會在角落裡哭泣的，只可能是極度悲傷的學生。

被排擠霸凌的風紀股長、被父母毆打訓斥的陳妙佳，還有學生們口中那個家境貧寒瀕臨輟學的同學，他們都曾是這樣的人。

校規裡的內容，無疑是極度的冷淡與漠視——

不要理會，不要靠近，假裝並未發現他們，儘快離開、保全自己就好。

校長版本規則，第四條、第五條。

『書桌裡不會出現碎肉和血塊。若在書桌裡發現這兩樣物品，請不要聲張，默默將抽屜清理乾淨就好。』

『眼保健操時，偶爾聽見慘叫、求救聲和低語聲，屬於正常現象，請同學們不要恐慌。』

很明顯，這兩條對應了學校裡的霸凌事件。

被霸凌的學生遭遇日復一日的欺壓與惡作劇，找不到可以傾訴的對象，只能默默承受。

而「眼保健操不要睜眼」的規定，則代表了這份規則對於霸凌行為的態度：不參與、不關注、不要引火上身。

校長版本規則，第六條。

『一旦在學校裡見到巨大的狂躁怪物，請立即站在原地保持安靜。逃跑只會惹怒它。』

這個也很容易理解。

暴躁的家長在學校裡無理取鬧、拳打腳踢，學生無力反抗，只能「保持安靜」，像陳妙佳所說的那樣，承認是自己不懂事，然後向爸媽道歉。

至於校長和老師們，只需要和著稀泥一笑而過，讓風波儘快過去就好。

校長版本規則，第七條。

『相信校長和校內的老師，他們永遠是你堅實的後盾。』

此時此刻再看這份校規，毛骨悚然的感受蕩然無存，反倒覺得有些可笑。

「這所學校裡，存在很多問題。」白霜行：「或者說，在世界各地的學校裡，都有這樣的問題。」

不分青紅皂白的家長，天真卻殘忍的同學，不願摻和太多的教職人員，以及陰鬱壓抑、苦悶無從發洩的學生。

她說完，伸出食指，輕輕點在秦夢蝶發給他們的校規上。

「然後……秦夢蝶成為他們的班導師。」

班導師版本規則，第四條。

『如果聽見角落裡傳來哭泣聲和哽咽聲，即便看不見有人，作為同學，也請上前友好詢問。』

秦夢蝶想告訴他們，人與人之間不應該冷漠相待。

如果見到獨自落淚的同學，請不要視若無睹地走開，請上前耐心問一問，他們是否遇見什麼困難。

班導師版本規則，第五條。

『書桌抽屜裡不會出現碎肉和血塊。若發現，請立即報告班導師。』

這句話，對應著校園霸凌。

任何人都不應該受到毫無理由的針對與羞辱，得知風紀股長的遭遇後，秦夢蝶告訴他，要學會反抗。

他有屬於自己的尊嚴，不是其他學生的出氣筒。

班導師版本規則，第六條、第七條。

『一旦在學校裡見到巨大的狂躁怪物，請立即逃跑，並報告班導師。』

『若在走廊中遭到不明生物尾隨，請立即逃跑，並報告班導師。』

「狂躁怪物」象徵有暴力傾向的家長，「不明生物尾隨」，代表著學生們可能會遇到的惡意。

無論如何，秦夢蝶會保護他們。

所以不管發生什麼事情，只要告訴班導師就好。

就像第八條規則裡說的那樣──

『無論何時何地，遇到危險請向班導師尋求幫助。』

興華一中建立在偏僻落後的小地方。

這裡充斥著許多苦難與不公，譬如貧窮、孤獨、欺凌、暴力、言語羞辱。

大多數人似乎已經對它們習以為常，但秦夢蝶不同。

在由她構築的白夜裡，那一條條看似恐怖駭人的規則，其實是一個年輕的老師，對學生們最為真摯美好的夙願──關於同理心、友善、反抗與自尊。

白霜行默不作聲，看向紙條上的第三條校規。

『記住你的樣貌。人類擁有眼睛、鼻子和嘴巴，所有人都一樣，不會有什麼人格外特別。』

也許，秦夢蝶想告訴他們，無論是家境貧苦的女同學，還是認死理一根筋的風紀股長，亦或是格格不入、吊兒郎當的叛逆學生陳妙佳──

這些性格各異的少年少女，他們和其他所有人一樣，從來不比別人差。

可秦夢蝶卻死了。

她到底發現什麼，才讓校長對她生出殺心？

目光流轉，停留在信紙上，白霜行眸色漸沉。

沈嬋啞然失聲。

一片寂靜裡，江綿忽然拉了拉白霜行的袖子：「姐姐，我感受到了。」

女孩的臉色蒼白如紙：「在地下……有種熟悉的感覺。」

下意識地，白霜行心口重重一跳。

地下、熟悉的感覺。校長絕不能讓旁人發現的祕密。令所有鬼怪為之恐懼的壓迫感。

支離破碎的線索逐一彙聚，一個令她毛骨悚然的念頭在腦海中浮現。

白霜行起身：「這裡或許能通往地下，我們找找機關。」

沈嬋不明白她想到什麼，但還是迅速點頭：「好。」

校長辦公室面積不大，沈嬋四下張望，沒過多久，鎖定在那個較為空蕩的書架上。

她用力把它往牆角的方向推。

書架不算太重，伴隨一聲悠長沉重的悶響，緩緩挪至牆邊。

與此同時，書架移開，被遮擋的牆壁暴露在視野之內，白霜行與沈嬋的動作同時一頓。

……書架後面的牆上，正立著個黑黝黝的洞口，看大小，恰好能讓一人通過。

白霜行的心臟悄然緊縮。

對於校長的祕密，她隱隱有了預感。

沈嬋看她一眼：「進去嗎？」

白霜行點頭：「我有護身的技能，我先吧。」

她說完往前一步，探向洞口。

洞口之後，是一條幽深狹窄的樓梯，由於面積很小，從外面看去，很難發現辦公室裡的空間被動了手腳。

白霜行打開手機手電筒，淺淺吸了口氣。

樓梯筆直向下，悄無聲息。

身邊唯有不變的寂靜與黑暗，心中的不安感似一隻無形的手掌，輕輕按壓在胸口。

暗室不深，走到樓梯底端，白霜行穩住心神，舉起手機。

白茫茫的亮光瞬間籠罩整個空間，逼仄壓抑的氣氛轟然四合，將她團團裹住。

身邊的江綿渾身輕顫，抓緊她的袖口。

暗室狹小，沒有太多陳列擺設，抬眼看去，正中央擺放著一尊詭異萬分的……神像。

與她在百家街四四四號見到的「神明」如出一轍。

這尊神像由黃銅製成，同樣被蓋著一塊刺目的紅布。

布料之下，能見到一條條觸鬚盤旋生長，細細看去，觸鬚中，竟然還雕刻著人類的手腳殘肢。

邪性，妖異，只需一眼，就能催生出潛藏於人類心底的恐懼。

這就是秦夢蝶發現的祕密。

——邪神祭祀。

沈嬋頭一次見到這樣的場景，走下樓梯後，一時愣在原地。

暗室裡沒有風。

然而須臾之間，不知從何處襲來一縷陰風，悄然掀起紅布一角。

在空寂的地下室，白霜行聽見一聲非男非女的笑音。

——再眨眼，暗室牆壁上驀地生出一條條猩紅血絲，猶如無盡血海瘋狂蔓延，要將她們吞沒！

同時間，腦海中的系統音突兀響起。

『叮咚！』

『恭喜挑戰者成功解讀「校規」的深層含義，現已將隱藏任務升級為高級挑戰：第一條校規（解）！』

『校規是秦夢蝶對學生們的美好期許，在她死後，化作執念殘留在白夜裡。』

『只可惜，最重要的第一條校規，沒能傳達給任何人——它的內容究竟是什麼？想要告訴誰？』

『挑戰者們，請努力活下去，尋找真正的「第一條校規」吧！』

一條條血絲好似蠕動的蟲蛇，將潔白的牆壁迅速吞沒。

除了一尊被紅布遮蓋的神像，暗室中央再無其他物品，然而白霜行卻清楚聽到，耳邊數道聲音同時響起。

夾雜著巨型機器的嗡鳴聲，龐然巨獸的咆哮聲，人們撕心裂肺的慘叫聲、風聲、水聲、哭聲。

還有一陣不知從何而來，晦澀詭譎的尖銳笑聲。

這些聲音齊齊進入耳膜，再潮水般湧上腦海，猶如千斤巨鼎轟然下落，壓得她精神恍惚。

有那麼一瞬間，白霜行幾乎感覺不到身邊任何東西的存在，整個人猶如墜落夢境之中。

下一刻，她用力咬破舌尖。

銳利的疼痛化作一把尖刀，直直刺向她的神經，白霜行一個激靈，總算找回幾分活著的實感。

那尊神像的力量……比在百家街四四四號的時候更強了。

強烈的壓迫感沉重不堪，加之周圍狂湧的血絲團團圍住，神像即便不動如山，任何人也都無法靠近它半步。

白霜行沒有猶豫，在瞬息之間做了決定：「快走！」

她說著，俯身一把抱起江綿，空出的左手拽住沈嬋的手臂，毫不遲疑地衝向樓梯。

沈嬋第一次見到神像，在鋪天蓋地的威懾力下呆了一陣子，被白霜行這樣一拽，總算恢復理智。

「這就是妳說過的那尊邪神？」

她不傻，見到那塊詭異的紅布時，立馬想到白霜行對神像的描述。

說話間，沈嬋咬了咬牙，努力止住身體的顫抖。

……這種感覺，太匪夷所思了。

之前白霜行向她提起邪神時，只說一旦直視神像，會讓人覺得很不舒服。

當時的沈嬋想像不出那究竟是怎樣的感受，思考幾秒，猜測大概和看恐怖片差不多。

直到現在親眼目睹暗室裡的景象，她才明白當初的自己有多麼單純幼稚。

暗室昏暗狹窄，無比濃郁的怨氣、殺氣與陰氣彙集在一起，給人的窒息感比海更濃。

當她看向神像，恐懼的情緒洶湧得彷彿擁有了實體，不給任何反應的時間，一舉將她吞噬殆盡。

出於本能，身體發抖發軟，別說反抗，連邁動雙腿逃跑都難。

明明平日裡，沈嬋的膽子並不算小。

身後的血絲瘋狂扭曲蠕動，白霜行避開其中幾條的襲擊，心口砰砰跳。

她剛剛被嚇傻了，準確來說，在那種極致的壓迫力下，沒有人不會覺得恍惚。

又是一條手指粗細的血絲襲來，白霜行正要躲閃，懷裡抱著的江綿忽然伸出手，一把握住它。

下一刻，用力一扯。

雖然無法使用能力，但江綿好歹是個實力強勁的厲鬼，這些低階血絲只能蠶食人類的血肉，無法對她造成傷害。

女孩掌心凝出一抹黑色怨氣，血絲在她手中輕輕一顫，如同枯萎的樹枝般，一動也不動跌落在地。

「地下室裡的血絲很弱。」江綿細聲細氣，有些緊張：「姐姐，我可以保護妳們。」

白霜行：哇哦。

沈嬋：哇哦。

原來……她們這兩個姐姐才是處在食物鏈底端的傢伙嗎？

樓梯不長，白霜行很快回到校長辦公室。

令她意想不到的是，暗室之外，居然也成了血色地獄——

絲絲縷縷的血管從地下蔓延開來，像一條條交織纏繞的蛛絲，在牆上鋪展出錯綜複雜的脈絡。

只不過，比起暗室裡具有攻擊性的紅血絲，它們似乎更弱一些，軟綿綿攀附在牆邊，沒有打算發動襲擊的樣子。

白霜行想起來了。

當校長第一次出現在教室時，學生的校規紙變成血紅色，牆壁則像現在這樣，籠罩上一層血絲。

那時有學生遵循班導師版本的規則，遇到鬼怪後，第一時間出聲逃跑——

結果下一秒就死在鬼怪手中。

於是白霜行推測，在一片血紅的環境下，必須遵守校長版本的規則。

即「裝作什麼也看不見，不出聲，不理睬，也不能動」。

沈嬋愕然，想不明白其中的邏輯：「怎麼又變成這樣了？」

白霜行皺眉，迅速把書櫃推回原位：「先從這裡離開吧。」

她們之所以來到校長辦公室，一是為了尋找線索，二是等待江綿尋找壓迫感的源頭。

現在目的達成，沒理由繼續待在這地方——

一旦被校長發現，不知道還會引出什麼亂子。

打開辦公室大門，很幸運，門外沒人。

白霜行跨步而出，沈嬋離開時，重新關好門。

見到走廊裡的情景，她不禁頭皮發麻。

走廊上同樣生滿血絲，密密麻麻，形如藤蔓。

窗外的天色暗淡得不像話，現在分明還是早上，天空卻昏暗無光，在潑墨一般的黢黑裡，瀰散出血一樣的紅。

「校長和秦老師代表著兩份校規，各會延展出一個世界。」白霜行腳步很快，壓低聲音：「現在這個，是校長的世界。」

校長版本的規則無情而冷漠，與之對應地，由它衍生出的世界，也變得壓抑絕望。

血肉遍地、漫天無光，恰好對應著學生們瀕臨崩潰的內心世界。

時至此刻，真相呼之欲出。

行走在寂靜的走廊裡，沈嬋嘗試分析：「校長之所以把辦公室選在這，應該和邪神有關——他需要一個足夠安靜偏僻的地下室。」

白霜行點頭。

「除此之外，可能還有兩個原因。」她頓了頓，即將離開這條走廊時，回頭看了窗邊的樹影一眼：「校長辦公室旁邊，種著很多槐樹。槐樹是樹中之鬼，屬陰，能夠聚集陰氣，滋養邪神神像。」

由於曾經遭遇過的事情，白霜行對靈異神怪的研究十分熱衷，所以知道不少相關知識。

沈嬋知道那段經歷，微微頷首：「第二個原因呢？」

開口時，她回頭看了看窗邊的槐樹。

樹影婆娑，在血紅的世界裡，像極一雙雙浮動的手。

這是供養邪神的陰氣源頭。

沈嬋看得毛骨悚然，飛快挪開視線。

「教學大樓。」白霜行耐心解釋：「如果要做到百分百隱蔽，他大可把地下室建在自己家，但那樣的話，邪神陰氣太重，很可能讓他遭到反噬。」

百里是精通陰陽五行術法的天師，在四四四號的地下室裡布置了許多符紙，足以壓住邪神的戾氣。

但顯然，從校長辦公室的布置來看，校長是這方面的門外漢。

她低聲：「教學大樓裡生活著成百上千的學生，陽氣極盛。」

沈嬋嘴角一抽：「不是吧。他作為校長，居然把學校當作邪神祭祀的場地，讓學生幫他壓制陰氣……」

這是個什麼品種的人渣。

「不管他出於什麼目的，總之，校長供奉邪神，並打算在十月十日當天祭祀。」

想起在百家街的經歷，白霜行眸色漸冷：「而這個神所需要的祭品……是人。」

說到這裡，她們來到通往教室的樓梯。

經過樓梯轉角，白霜行朝著窗口向外望去，只見一片蒼茫猙獰的紅。

空氣裡的溫度，不知什麼時候冷了很多。

「校長的信裡寫秦老師『多管閒事』，也就是說，她原本和這件事毫無關聯。」沈嬋的表情也不怎麼好：「她無意間發現校長他們的計畫，知道那群混蛋打算殺人，所以——」

所以遭到滅口。

想著想著，她憤然咬牙：「他們還有良知嗎！」

白霜行低垂著眼，沒出聲。

每個人都有求而不得的東西。

百里想要年輕永駐，校長可能想要錢或是權，當一個人的貪婪達到頂峰，良知也就被一點點蠶食了。

沈嬋越想越氣，奈何被困在白夜裡，連伸張正義、懲處惡人都做不到。

她嘆了口氣：「霜霜，妳覺得，我們接下來怎麼辦？」

白霜行心裡早有打算：「去教師辦公室，找秦老師——如果可以的話，我能對她使用『共情』。」

共情，是「神鬼之家」最基礎的一項能力，能與鬼怪心靈相通，有一定機率提升鬼怪的好感度。

但與之對應地，這個技能的使用條件十分苛刻。

白霜行曾仔仔細細看過技能介紹，「共情」用處不小，卻有兩個不小的限制。

第一，每場白夜裡，只能使用一次「共情」。

這個很好理解。如果不限制使用次數，白霜行遇上一個鬼怪就能與之共情溝通，一來二去，白夜挑戰能變成她的家庭聚會。

第二，「共情」有一定幾率觸發失敗。

想要成功共情，必須瞭解鬼怪生前的經歷，以及形成怨念的原因。

譬如江綿，白霜行在使用技能之前，知道女孩受到過長時間的家暴，後來被百里獻祭給邪神。

如果對鬼怪一無所知，就會浪費掉僅此一次的共情機會。

想到這裡，白霜行抿抿唇。

她成功破解了校規的深層含義，如果對秦夢蝶用出「共情」，成功機會很大。

眼看還有十分鐘就要到上課時間，她們不敢耽擱，來到三樓的教師辦公室門口。

剛上樓，沈嬋就變了臉色，沉聲低罵：「該死。」

——辦公室大門緊鎖，牆壁和門板有被大火燒灼的痕跡，呈現死氣沉沉的灰黑。

大門旁邊，立著一塊告示牌。

『教師辦公室須知。』

『因一位老師疏忽，辦公室發生火災，無法使用。即日起暫時封鎖教師辦公室，請不要嘗試進入。』

沈嬋試著推了推門，門板和牆壁如同被固定在一起，紋絲不動。

『不要白費功夫啦，妳們進不去的。』腦海中，身穿白色長裙的監察系統六六三咯咯笑出聲，對她們的表情很滿意：『作為一個善良的系統，我可以來為妳們解答困惑。』

『妳們已經知道，這是校長管轄的血色世界了吧。』它微微搖晃身體，裙擺如波：『按理來說，這場白夜的主體是秦夢蝶的執念，她擁有絕對高等的許可權，但，妳們也看到了——』

白霜行心下一動，隱隱有了猜想。

果然，六六三哼笑一聲：『「神」的力量，有一部分殘留在這裡。』

白霜行皺眉：「邪神……站在校長那一邊。」

『沒錯！』監察系統六六三點頭：『妳們發現神像的祕密，讓「神」的力量漸漸甦醒，現在校長的規則，已經能壓過秦夢蝶了。』

難怪在此之前，會有兩份規則交錯出現的情況。

那是兩股截然不同的力量在彼此抗衡。

白霜行神色微沉。

她們想要探明真相，就必須和邪神掛上鉤，而一旦喚醒邪神，便會讓校長一方的力量飛速上漲。

這是無論如何也逃不過的局面。

白夜早有準備，不會讓她接觸秦夢蝶。

『總而言之呢，秦夢蝶已經被死死壓制，妳們不可能喚醒她。』六六三笑了笑，語氣有些得意：『如果我是妳們，就會放棄和秦夢蝶共情的念頭，乖乖回教室上課——距離上課時間，可沒剩下多久了哦。』

校規裡明確說過不能遲到早退，在上課鐘聲響起之前，白霜行和沈嬋回到教室裡。

沈嬋憤憤不平，滿心不悅：「主線任務讓我們在這裡上課兩天，現在已經到最後一天……我們不會真的要在教室裡老老實實上課，然後等天一黑，被傳送出白夜吧？」

她不甘心。

秦夢蝶是個一心為學生著想的好老師，發現邪神祭祀的事情後，一定打算制止。

正因如此，才遭到校長等人的滅口。

秦夢蝶不明不白地死了，校長仍然留在學校裡裝好人，生活一帆風順；至於沈嬋，她和白霜行調查出背後的真相，礙於校規，只能呆呆坐在教室裡。

……就很憋屈。

無能為力的感覺並不好受，沈嬋走向座位，長長嘆了口氣。

白霜行不知在想什麼，一路上沒怎麼開口，回到教室，看書桌一眼：「作文本發了。」

上完體育課，體育老師收走學生們的作文冊，說是要統一整合，詳細批改。

說心裡話，白霜行覺得，那種明顯瞎掰的作文，並沒有逐字逐句批改的必要。

她拿起作文本隨手一翻，看見文章末尾的評語，不由得愣了愣。

『構思新穎，行文有趣，融合了國數英公史地生物化的不同知識，能看出作者在創意上的用心。』

『只不過「媽媽揹著角A爬雪山過平原」這種事情，顯然不符合現實邏輯，白霜行同學要不要嘗試寫得更現實一些，在遣詞造句的方面更細緻一點呢？』

「哇。」身旁的沈嬋看著自己的作文本：「評語好長。」

她們感到驚訝，後排的陳妙佳悶悶出聲：「這是秦老師的筆跡。」

「體育老師是九門課程老師的集合體。」白霜行放下作文本，若有所思：「其中可能包含秦老師的意識——就是那一部分，寫了這些評語吧。」

聽到這裡，陳妙佳輕輕吸了口氣。

「今天第一節課是生物。」她的語氣裡有緊張忐忑，也有期待：「是秦老師的課……她一定不會為難我們的。」

白霜行一怔。

監察系統六六三明確說過，此時此刻的秦夢蝶遭到壓制，不可能出現在他們面前。

那這節生物課——

驀地，上課鐘聲叮噹響起。

當白霜行應聲抬頭，見到一張熟悉的面孔。

「同學們好。」校長從門外緩步走進教室，笑意盈盈，手裡拿著生物課本。

沈嬋見到他就覺得噁心：「……為什麼是這鬼東西啊？」

「秦老師生病了，這節課由我代她上。」相貌溫厚的男人語氣柔和，身穿一件休閒西裝，說話時揚了揚嘴角：「希望我不會讓同學們失望。請大家拿出生物課本。」

他在講臺上穩穩站好，一邊說，一邊翻開手中的書本。

忽然，校長的動作頓住。

教室裡的其他學生也是一僵。

——教室角落裡，響起微弱的啜泣聲。

在校長的規則之下，教學大樓遍布著血絲。

整個世界昏暗壓抑，印有校規的紙張變成暗紅顏色，而上面的內容，和正常時大相徑庭。

學生們都知道，在這樣的情況下，要遵循血紙上的內容。

『如果聽見角落裡傳來哭泣聲和哽咽聲，請儘量不要移動，也不要出聲。』

教室裡陷入死寂，校長獨自立在講臺上，沒說話，也沒有任何動作。

從他的表情裡，白霜行看出幾分得意。

身為規則的制定者，看著學生們不得不遵守規則，在規則的威懾下敢怒不敢言，這種感覺，讓他發自內心覺得有趣。

校長一言不發，學生們當然不敢妄自行動。

即便是平日裡最不服管教的陳妙佳，也緊繃著身子低下頭，不敢回頭看。

沈嬋在心裡罵了句髒話。

角落裡的哭聲哀怨悲苦，仔細聽，是個女孩在輕輕啜泣。

校規裡寫，任何聲響都有可能吸引她的注意力，沒有任何人開口說話，連呼吸都儘量壓低、小心翼翼。

突然，沈嬋見到白霜行握起手上的筆，在作文本上寫字。

她動作很輕，書寫的聲響被哭聲蓋住，因此沒被其他人和鬼怪發現。

沈嬋低頭去看。

『我想到一個辦法。』

辦法？什麼辦法？

沈嬋側過視線，用力眨眨眼睛，示意她繼續寫下去。

『白夜裡，有秦夢蝶和校長兩個對立的勢力，校長得到邪神的助力，所以占據優勢。』白霜行寫得很快：『不能忽視的是，在這場白夜之中，除了秦夢蝶、校長和邪神，其實還存在著其他人的意識。』

沈嬋倏然睜大眼睛。

她用口型問：「學生？」

白霜行揚起嘴角。

『因為之前有人死在教室裡，所以學生們對校長的規則深信不疑，不敢違抗。』

『他們越是害怕、越是恐懼，校長的權威就越能得到鞏固。』

『妳看，當我們所有人聽到哭聲時保持沉默，校長版本的校規紙上，紅色在慢慢加深。』

沈嬋飛快看向校規紙。

正如白霜行所說，那張紙原本滲著血一樣的深紅，現在漸漸暈染，成了偏紅黑的色澤。

這或許代表著，被越來越多的學生所忌憚，校長的力量在逐步加強。

白霜行頓了頓，繼續寫：『——而秦老師的願望，是希望他們能夠反抗這些條例。』

此時此刻，學生們的處境，與現實生活裡的種種不公有著微妙的相似。

被壓迫，被威脅，每分每秒置身於強權的威懾之下，無法逃離，也不敢反抗。

圍繞在身邊的唯有壓抑和絕望，他們幾乎快要忘記了，秦夢蝶想要傳達給學生們的一切。

恍然一瞬間，沈嬋明白白霜行的意思。

看著一個個字跡浮現在紙面，她聽見自己心跳的聲音，越來越快，越來越重。

視線所及之處，白霜行垂下眼睫，落筆輕盈如風。

『如果，我們遵循秦老師的意志，把校長定下的規則——』

『一條條掀翻呢？』

『到那時候，誰的力量會占上風？』

『等……等等！』腦海中的監察系統六六三察覺到不對，終於顧不得矜持的形象，尖叫出聲：『妳瘋了！這樣做是絕對絕對不行的！妳只會被鬼怪們群攻而死——妳給我停下！』

紙上的內容完全超出它的設想，就連它也不知道，那樣做的後果會是什麼。

但唯一可以確定的是，一旦白霜行付諸行動並成功，這場白夜必將大亂。

……這個瘋子！

最後一個字寫完，白霜行放下筆，朝著沈嬋笑了笑。

再眨眼——

她毫不猶豫地從座位上直直起身！

後桌的陳妙佳睜大雙眼。

等……等等！白霜行她、她打算幹什麼？

就在昨天，分明有個同學不守規則死在教室裡，她這不是送死嗎！

講臺上，校長同樣怔住。

都這種時候了，怎麼還會出現不遵守校規的學生？是太蠢還是太不服管教？

不過……一旦她死了，其他學生會對校規更加深信不疑，這樣想想，這個突然冒出來的炮灰學生還挺不錯。

教室裡安靜了短短一秒鐘。

——緊隨其後，角落裡的厲鬼發出刺耳尖嘯，驟然向白霜行襲來！

其他學生察覺到她的動作，紛紛轉過頭，露出或驚懼或擔憂的神色，有兩個膽子格外小的，迅速閉上眼睛。

季風臨看著她，微微皺起眉頭。

出乎所有人意料的是，想像中血肉橫飛的場景並未出現。

白霜行早早打開技能面板，在厲鬼現身的瞬間，立刻按下其中一個選項——「守護靈」。

這是宋晨露奶奶給予她的能力，能抵禦一次來自鬼怪的攻擊。

純白光芒霎那間籠罩全場，將厲鬼的怨念阻隔在外。怨念漸散，白霜行站在白光中心，倏地，邁步向講臺走去。

「這位同學！」眼前的景象大大超出預料，校長莫名生出幾分慌張：「妳要做什麼？現在是上課時間，請妳回到座位去！」

見對方置若罔聞，他的音量更大：「擾亂課堂秩序，妳會觸犯校規！觸犯校規的學生都要受到懲罰──」

「是嗎？」白霜行打斷他：「我剛剛在哭聲裡站了起來，現在不是還好端端的？」

好幾個學生露出困惑的表情。

對啊。

白霜行這麼明顯的違反了校規，為什麼……她沒被厲鬼撕成碎片？

「誰知道妳用了什麼手段！」心底的不安越來越濃，校長臉上浮起猩紅血絲：「快回到座位上！校規裡說過，要尊師敬長，服從老師的一切安排，妳要是再不──」

果然。

看這些古怪的血絲，他只不過是個外表像人類的怪物，披了張人的皮而已，就假惺惺混跡在人群之間。

校長的話沒來得及說完。

因為下一秒，白霜行來到他身前，毫不遲疑地舉起手──狠狠砸在他臉上！

『妳……』監察系統六六三發出尖叫：『妳瘋了！』

「校長，這樣算是違反校規嗎？」白霜行笑得禮貌溫和，右手忽地又是一動，閃過一抹寒光：「還有……這樣呢？」

是那把曾經割破「物理老師」脖子的刀。

刀身鋒利森寒，此時此刻被她的手輕旋，刺入了眼前怪物的身體。

教室裡一片譁然，學生們目瞪口呆不知所措，腦海中的六六三失聲叫個不停。

「大家應該或多或少察覺到，校長版本的校規很有問題。」白霜行拿出紙巾，輕輕擦拭右手：「屈從強權，默許欺凌，除了逃避，只剩下漠視——你們不想反抗嗎？」

學生們難掩震驚，神色惶恐而呆滯。

只有季風臨靜靜看著她：「怎麼反抗？」

「女生都知道，在宿舍裡，我們一條條違反校規，不僅沒受到懲罰，還壓制了宿舍中所有的鬼怪。也就是說，違反校規不等於必死。」白霜行對上他漆黑的眼：「如果不反抗，我們還要在這個鬼地方待多久？一天？一個星期？一個月？還是永遠？與其在這些怪物定下的規則裡等死，倒不如試著搏一搏。」

校長怪物被小刀刺透身體，抽搐著癱倒在地。

他眼中有憎恨也有惱怒，臉上血絲湧動，終於卸下溫文儒雅的偽裝：「你們……你們違反校規，死！都得死！」

白霜行看他一眼，無聲笑笑。

然後當著他的面，拿出那份印有校規的血紅色紙張。

「守護靈」的力量尚未散去，柔和的白光星星點點，縈繞在她的指尖。

身後的血絲翻湧如潮，而她站在混沌血色裡，任由白光氤氳，照亮手中的校規紙頁。

一剎那的寂靜後，所有人聽到無比清晰的、紙張被撕碎的響音。

「如果想活下去。」

白霜行笑了笑，沒有絲毫停頓與猶豫，用力把校規撕成兩半。

她看向教室裡的學生，眸色黑沉，隱隱帶著令人無法拒絕的蠱惑：「——就把這些規則徹底掀翻吧。」

伴隨嘶拉一聲輕響，印有校規的血紅紙張被撕成兩半。

白霜行話說完，敏銳地察覺到，四周牆壁上的血絲更多了一些。

「妳……妳這樣做，一定會得到校規的制裁！」

校長躺在地上抽搐不止，臉上的紋路猙獰蠕動，漸漸占據他整張臉。

白霜行神色不變，低頭看他。

和化作任課老師的怪物們一樣，他的身體被小刀刺穿，卻沒流下一滴血液。

刀口鋒利，被白霜行狠狠刺入，帶來的劇痛難以忍受。

隨著時間流逝，男人的掙扎越來越弱，赤紅雙眼失去神采，如同兩顆死氣沉沉的玻璃珠。

乍一看去，這隻怪物已經死了。

但很快，白霜行皺起眉頭——

校長皮膚上的血絲像是瘋狂蔓延的藤蔓，從身體中脫離而出，迅速爬上牆壁，與牆上的一條條紅色絲線融為一體。

與此同時，校長的身體被抽空，氣球一樣飛快癟下去。

等血絲全部離開他的身體，身穿休閒西裝的男人只剩下一層薄薄的皮。

看來，那些逃走的血絲才是他的本體。

對於這個結果，白霜行並不意外。

擁有邪神庇護之後，校長實力大增，不但能與秦夢蝶抗衡，還控制了大半個白夜。

這種 Boss 級別的怪物，不可能被她一刀了結。

現在他毫無防備地受了傷，正是學生們反擊的好時候。

「正如你們所見。」白霜行聳肩：「校長只是個披著人類皮囊的怪物，你們甘心遵從他的規矩嗎？」

「校長是怪物——」陳妙佳的腦子還沒轉過來，稀里糊塗弄不清狀況，但下意識地，開口發問：「那秦老師呢？難道她也是嗎？」

白霜行沉默半晌：「她不是。」

對於眼前的高中生們來說，事情的真相不會是好消息。

白霜行儘量簡明扼要，向班裡的學生們解釋了來龍去脈，包括秦夢蝶被校長害死、她的執念化作這一片血色空間，以及校長供奉邪神，成功奪取這片空間的控制權。

由於系統的限制，有關「白夜挑戰」的內容，白霜行沒透露任何消息。

「秦老師心存善意，不會害你們。」解釋完畢，白霜行沉聲總結：「你們見到的鬼魂、幽靈、怪物，全都來源於生活中的親身經歷，現在邪神的力量越來越強，導致鬼怪的危險程度更高，我們的處境也更危險。」

在昨天，他們還能從國文、數學、物理課上僥倖活下來，而今天將要面對的幾門科目……

毫無疑問，一定科科都是死局。

教室中只有她一個人在說話。

等白霜行說完，便是長久的死寂。

「妳的意思是……」戴著黑框眼鏡的風紀股長眼眶泛紅：「秦老師，她已經……死了？」

白霜行靜靜與他對視，張了張口，沒說話。

陳妙佳趴在桌上，泣不成聲。

她早就隱隱約約感覺到問題，直到聽白霜行親口說出來，才完全明白那些校規的意義。

『不要畏懼走廊裡暴躁的怪物』，是秦老師對她的執念。

「準確來說，秦老師的一部分意識，仍然留存在這片空間裡。」白霜行輕聲：「只不過她受到壓制，目前無法對我們做出回應。」

「所以妳才讓我們打破校長的規則。」講臺下的季風臨垂著眼：「這片空間由我們所有人的意識構成，一旦我們不畏懼校規，把規則逐一打破，校長的力量就會大幅度削弱。」

聰明的學生。

白霜行點頭：「你們可以看看手裡的規則紙。」

高中生們聞言低頭，一個男生低呼：「紙上的紅色在慢慢變淡！」

「嗯。」白霜行笑了笑：「我剛剛打破一條規則，又告訴你們所謂『校規』的真相，大家對校規的恐懼感降低、產生想要把它推翻的念頭，所以——」

男生恍然大悟：「校規的力量，減弱了。」

「而且，秦老師對你們的期望，也是反抗這些不合理的規則。」白霜行抬眼，看向牆上瘋狂蠕動的血紅色：「如果把它們全部打破……秦老師一定能感受到吧。」

她說完頓了頓，目光逐一掃過臺下的高中生。

在前天，他們還只是再普通不過的青春期學生，懵懂稚嫩，每天為成績和考試煩惱，與「死亡」這個詞語毫無關聯。

此時此刻，卻要面臨在刀尖上起舞般的巨大風險。

「不過，在此之前，我必須提醒你們。」白霜行認真看著他們：「只要違反校規，一定會引來非常凶惡的鬼怪。到時候九死一生，恐怕我們之中的任何一個人，都不可能保證自己百分百存活——」

「所以，有誰願意和我一起嗎？」

她話音方落，教室門旁的廣播音響裡，突然響起尖銳刺耳的綿長雜音。

緊接著，是校長氣急敗壞、明顯十分虛弱的聲音。

『全校通報，全校通報！』

『高二（一）班學生白霜行，目無尊長、違法亂紀，嚴重蔑視校紀校規，學校即將對該學生採取嚴肅處理！』

果然還活著。

他說得威脅意味十足，白霜行卻揚唇笑了笑，繼續看向班裡所剩不多的學生：「你們看，後果就會是這樣。」

她話剛說完，座位上的沈嬋抓準時間，第一個接話：「我來！」

她舉起手，把氣氛組的功能發揮得淋漓盡致：「繼續留在這裡上課，我大概也活不到明天。不如拼一拼，說不定還能有條活路。」

江綿點頭：「我也幫忙！」

「我也來。」季風臨同樣沒有猶豫：「雖然危險，但這是唯一的生路。」

三道不同的聲音落下，教室裡陷入短暫的沉默。

很快，有人小聲打破寂靜：「我……我也來。」

是那個齊瀏海的女生。

「我也沒問題。」又有人開口：「秦老師……我想幫她報仇。」

是一個和白霜行沒有交集的男生。

「我、我也。」風紀股長摘下眼鏡，用力擦去眼角的淚滴：「我——我不怕。」

然後是更多人，更多回應的聲音。

大多數的人瑟瑟發抖，卻沒有人放棄說不。

牆壁上，血絲扭動的幅度愈發瘋狂，好似暴風雨來臨時翻騰不休的海面，誓要將萬事萬物一併吞沒。

廣播發出尖銳警報聲，如同刀鋒破開血色，天邊濃雲滾滾，陰風乍起。

白霜行輕輕舒了口氣：「制定計畫前，能告訴我你們的名字嗎？」

廣播聲響起後不久，整棟教學大樓，出現明顯的變化。

天邊唯一的幾縷亮光悄然暗淡，空氣中飄散出若有似無的，有什麼東西被燒焦的味道。

詭異的氣息開始躁動，最先出現異常的，是風紀股長的桌子。

白霜行記得，他叫李知奕。

腐臭味從課桌抽屜裡源源不斷散發出來，男生低著頭，身體止不住發抖。

他生活在紀律嚴明的家庭。

父母都是學校裡的老師，對他寄予了殷切期望。小時候，每當其他孩子結伴去踢足球、打籃球、捉迷藏，李知奕始終坐在書桌前，看著一本又一本的課程講義。

讀書、成績、紀律、補習班，這些構成他的大半人生。

他不懂人情世故，在班裡總是得罪人，被幾個同學霸凌後，自然沒有可以傾訴的朋友。

有次在家吃飯，李知奕佯裝毫不在意地詢問父母：「爸、媽，在你們班上，會出現被欺負和排擠的學生嗎？」

「被欺負排擠？」爸媽露出複雜的神色：「奕奕，你們班有這樣的學生嗎？雖然欺負人不好，但你要知道，如果一個學生被單獨排擠，那他自己肯定也有問題——你規規矩矩讀書就行，別和他來往，知道嗎？」

心臟像浸泡在冰涼的水裡，骨碌碌沉了下去。

李知奕埋頭扒飯：「……哦。」

所以，果然是他自己的問題。

他又呆又木訥，被人討厭，是情理之中的事情。

班裡那幾個頑劣的學生變本加厲，在他書桌裡放垃圾和泥巴、每天嘲笑他四眼田雞、把他關在宿舍的廁所裡，無論如何都不開門。

直到某天，李知奕記的很清楚，是星期三。

那天下著雨，其他同學都去學生餐廳吃早餐，只有他坐在座位上，終於忍不住哭了起來。

沒想到遇見了秦老師。

對方耐心詢問原因，他覺得羞恥，支支吾吾不願開口。後來秦夢蝶調查清楚前因後果，把他單獨叫到辦公室裡。

「是他們不守規矩在先，你作為風紀股長，本本分分把違規的事實記下來而已，哪有什麼錯。」秦夢蝶說：「現在也是。仗勢欺人霸凌同學，真正應該感到羞愧的，是他們才對。」

她想了想，似乎想到什麼，揚唇笑笑：「不過，李知奕，你要不要試著和班裡的其他同學多交流交流？認真念書當然是好事，不過高中生嘛，最有活力的時候，不去交幾個朋友？」

校長版本規則，第四條。

『書桌裡不會出現碎肉和血塊。若在書桌裡發現這兩樣物品，請不要聲張，默默將課桌清理乾淨就好。』

……在那之前，他一直是這樣。

指尖和肩膀不停顫抖，強烈的恐懼感前所未有，將他牢牢縛住。

在那個陰雨綿綿的星期三，秦老師最後對他說：「不管週考還是月考，你的成績一直保持在前三，無論現在怎樣，將來，你一定能成為非常優秀非常出色的人——李知奕，要加油啊。」

教室裡，腐臭味正在一點點變濃。

在他觸手可及的抽屜裡，血塊與碎肉堆積如小山，其中有條條血絲蜿蜒蠕動，讓人感到反胃。

李知奕屏住呼吸——

下一刻，男生咬牙掀翻桌子，用所有人都能聽到的音量：「第四條規則，在我這裡！」

血肉顫動不休，從抽屜流向地面，發出咕嚕嚕的怪異聲響。

腥臭的氣味如同巨網將他罩住，李知奕倏然睜大雙眼。

——只不過一眨眼的功夫，血肉竟以迅雷不及掩耳之勢迅速膨脹，凝出一個猩紅的人形，直直向他撲來！

人影之上布滿腐肉，鮮血四溢，駭人至極。

雙腿早已發軟，李知奕用力咬牙，抄起身邊的木椅，猛力向它砸去！

血與肉擁有實體，被這樣重重一砸，竟真的停滯了一瞬間。

不僅它，連李知奕本人也愣了一下。

平心而論，剛才掄起椅子的行為純粹是一時衝動。

他腦子裡一片空白，直到現在都不太敢相信，面對這種殺氣騰騰的怪物，自己居然沒直接嚇暈過去。

血肉人形劇烈晃動一下，重新積蓄殺氣，準備再度前襲。

然而猝不及防地，身後傳來另一個學生的高聲呼喊：「哇──是血肉做成的怪物，好噁心！」

它迅速轉身，尋找聲音的源頭。

教室門口，名叫「陳崴柏」的平頭男生筆直站立，話說完，對著李知奕笑笑：「到我了。」

果然，怪物渾身咕嚕嚕冒出血泡，腳下發力，直奔向門口！

白霜行注視著眼前的一切，握緊手心時，發現冷汗一片。

就目前來看……他們的計畫成功了。

校長版本規則，第四條末尾。

『書桌裡不會出現碎肉和血塊……同學們的議論同樣會惹來「它」的注意。』

這隻怪物，會被學生的議論聲吸引。

如果在平時，這條規則的確能讓所有人對它產生畏懼──

畢竟，「不只發現碎肉的人將受到襲擊，一旦私下討論，也會被怪物盯上」。

但……如果有很多人，一個接一個地輪流討論呢？

陳崴柏運動神經很好，領著血肉怪物在走廊裡極速穿行。

眼看怪物即將觸碰到他，遙遠的走廊另一頭，傳來一個女孩的高聲叫喊：「喂，那邊的怪物！」

這是名叫「蘇瑾」的齊瀏海女生。

出於本能，血肉怪物應聲回頭。

然後是新一輪漫長的追逐。

『高二（一）班的李知奕同學，違反校規第四條！』

廣播裡，校長不停咳嗽、惱羞成怒，傳遍整座學校：『高二（一）班的陳歲柏、蘇瑾同學，違反校規第四條！你們在幹什麼！』

目睹了一切的監察系統六六三：『……』

它不明白，也不懂。

這隻殺傷力極強、異常凶悍狂躁的怪物……為什麼像狗一樣被這群學生遛？

『妳、妳這是對規則的侮辱！白夜不歡迎妳……妳這個混蛋！』眼睜睜看著規則和怪物被踐踏，自己卻無能為力，白裙子小人氣得跺腳：『妳怎麼能這樣對它！』

「不是妳主動把我們拉進白夜的嗎？」白霜行做出無辜且驚訝的神色：「而且『怪物會被議論它的人吸引注意力』，這是校規裡明明白白寫著的內容，我按照規矩辦事，哪裡有錯嗎？」

六六三：『……』

六六三：『……』

好氣。

好氣啊！它當初為什麼要把這傢伙帶進白夜裡！還有校規……妳能別找漏洞和 Bug 了嗎？校規都快破成篩子了！

「別急。」白霜行走出教室，輕輕告訴它：「還沒完。」

沒錯，還沒有結束。

他們定下的計畫，遠遠不只「把血肉怪物當狗遛」這麼簡單。

蘇瑾身材小巧、動作靈活，很快到了樓道轉角。

不知是巧合，還是白夜有意而為之，當她轉過轉角，在不遠處，陡然出現一隻巨大的眼球。

正是曾經屠殺過不少學生的怪物。

身後的血肉人形還在窮追不捨，身前的巨大眼球發現她的蹤跡。

前有狼後有虎，在洶湧如洪水的恐懼感裡，蘇瑾頭腦嗡地一響。

雖然身體下意識發著抖，她深吸一口氣，害怕之餘，嘴角居然浮起一抹笑意。

——終於找到這隻眼球了。

校長版本規則，第六條。

『一旦在學校裡見到巨大的狂躁怪物，請立即站在原地保持安靜。逃跑只會惹怒它。』

在即將靠近眼球時，蘇瑾停下腳步，不再動彈。

耳邊充斥著血肉的咕嚕聲響，以及眼球怪物含糊不清的咆哮。

黑白分明的眼球裡爆開條條血管，迅疾如風，直衝衝向她襲來。

心臟狂跳不止，女孩閉上雙眼。

她感到一陣帶著腥氣的風——風很大，從她身邊呼嘯而過，沒有停留。

……成功了。

眼球沒有傷害她。

雙腿瞬間軟下來，再也無法支撐她繼續站立。

蘇瑾癱坐在地，滿頭滿手全是冷汗，一邊顫抖，一邊掉下眼淚。

她成功活下來了。

眼球的殺心極強，面對一切活物，都會發動攻擊。

動作越大，越能吸引它的注意力。

她按照校規沒有動彈，而一直追趕著她的血肉人形，則是處於奔跑當中。

眼球捕捉到它的動作，一定會把血肉人形看作頭號獵殺目標。

這是白霜行提出的辦法。

他們實力弱小，僅憑自己，絕對不可能與學校裡的鬼怪對抗。

想要勝過它們，只能從校規本身入手，要麼尋找可以利用的漏洞，要麼引導這些鬼怪……黑吃黑。

想到這裡，蘇瑾深吸一口氣，悄悄回頭。

眼球的凶殘程度比血肉人形更為恐怖，經過一番你死我活的廝殺，將後者絞殺成一灘血沫。

血肉消散，接下來，眼球怪物的下一個目標——

走廊裡血管攢動，編織出一片令人心悸的猩紅煉獄。

而在血管簇擁著的中央，巨大眼球用力眨動一下，眼白殘留著幾點肉沫，定定看向她。

一剎那，心中警鈴大作。

「——喂！」與此同時，走廊另一頭，響起她無比熟悉的女聲：「我在這裡！」

是陳妙佳。

她身材瘦弱，穿著明顯大了許多的制服，站在遠處的陰影裡，朝眼球怪物招了招手。

四下昏暗，什麼也看不清楚，唯有她的雙眼明亮而篤定，散發出黑亮亮的光。

陳妙佳大幅度的動作，瞬間吸引眼球怪物。

捕捉到全新的獵物，血管興奮湧動。

眼球沒有絲毫猶豫，立即向她衝去。

陳妙佳握緊雙拳，轉身就跑。

耳邊是呼呼風聲，裹挾著校長幾近抓狂的咆哮。

『高二（一）班的陳妙佳同學，請不要在走廊上奔跑，請不要在走廊上奔跑！』

除此之外，還有一段突然響起的音樂。

時間到了。

陳妙佳緊緊繃著一顆心，隨手打開一間教室的門，跑進教室中。

他們算過，現在正好到課間操時間。

每當這個時候，各個班級的廣播音響裡，會播放眼保健操音樂。

陳妙佳飛快進了教室，眼球怪物緊隨其後，嘶嚎著破門而入。

撕心裂肺的吼叫與歡樂活潑的音樂彼此交錯，混混沌沌傳入耳中，令人一陣恍惚。

眼球做好準備，正要向前俯衝，意料之外地，有什麼東西把它死死抓住。

校長版本規則，第五條。

『不要在眼保健操的過程中睜眼睛。眼保健操時，偶爾聽見慘叫、求救聲和低語聲，屬於正常現象，請同學們不要恐慌。』

眼保健操一旦開始，置身於教室裡，就絕不能睜眼。

那如果……突然出現一隻巨大的、無比突出的眼球呢？

毫無疑問，眼球會成為慘遭追殺的頭號目標。

一雙雙被血染紅的手從地面升起，死死攥住眼球周圍的根根血管，有的順勢往上，用力戳進眼珠。

疼痛難忍，眼球終於意識到中了陷阱，恨恨看向陳妙佳。

它被血手禁錮在原地無法動彈，暴怒之際，只能伸出幾根血管，飛箭一般刺向不遠處的人類。

心口砰砰跳個不停，陳妙佳緊緊握拳，向著門邊的方向飛速奔跑。

校長版本規則，第六條。

『一旦在學校裡見到巨大的狂躁怪物，請立即站在原地保持安靜。逃跑只會惹怒它。』

這樣懦弱無能、逆來順受的感覺，陳妙佳再熟悉不過。

其實她一直想不明白，明明都是親生孩子，爸媽為什麼總是偏心弟弟。

在某次飯局上，陳妙佳甚至聽見爸爸親口對親戚說：「如果第一次能生下個男孩，說不定家裡就不會要第二胎了。唉，運氣不好，現在兩筆學費是個大問題。」

她真的不明白。

小學和國中的時候，為了能引起爸爸、媽媽的注意，陳妙佳拼了命地努力念書

然而事實是，她的九十九分，比不上弟弟從五十九進步到六十九的那十分。

對於她，爸媽總能找到很多問題。

成績掉出前五名、某天忘了打掃家裡的衛生、在親戚面前太過沉默……

日復一日地，陳妙佳習慣了這樣的生活。

責罵和打壓，幾乎占據她家庭生活的全部。

那天媽媽去宿舍布置床鋪，又開始數落她不如弟弟——

隨即變成了單方面的怒罵。

陳妙佳沒反駁，只覺得挺丟人。

她的室友們站在門口，目睹全程，一雙雙眼睛像是尖利的刺，讓她臉頰發燙。

再然後，秦夢蝶來了。

身後的眼球怪物暴怒如雷，血管在半空突兀轉彎，再度湧向陳妙佳。

女孩已經跑到門口。

不知怎麼，她想起班導師版本的規則，忽然無聲笑了一下。

『一旦在學校裡見到巨大的狂躁怪物，請立即逃跑，並報告班導師。』

就像當初秦夢蝶告訴她的那樣——

「別害怕。如果再發生類似的事，第一時間告訴我，好不好？老師會保護妳。」

回頭看，眼球怪物的瞳孔裡竟生出一張血盆大口，似是氣極，發出一聲聲不堪入耳的咒罵。

很熟悉。

此時此刻，看著它這副模樣，她只覺得可笑。

陳妙佳定定與它對視，勾了勾嘴角。

然後關門離開，沒有回頭。

『高二（一）班陳妙佳同學，違反校規第五條！嚴懲不貸！』

『高二（一）班季風臨、白霜行、沈嬋同學，違反校規第六條，嚴懲不貸！』

『高二（一）班盧依婷——』

廣播聲持續不斷地響起，校長從最初的冷酷，到後來的憤怒，再到此時此刻的崩潰邊緣，只用了短短二十分鐘的時間。

直到最後，乾脆憤怒大喊：『高二（一）班全員，嚴懲不貸——呲啦！——嚴懲不貸！』

他被白霜行一刀傷了元氣，現在狀態虛弱，只能待在廣播室裡指點江山。

白霜行覺得有些好笑：「校長不愧是生物老師，在語文的詞彙儲備上，只會一個『嚴懲不貸』啊。」

她說話時轉過頭，看向沈嬋手中的校規紙。

校長的力量明顯下降。

不僅廣播聲越來越小，出現雜音，就連這張紙也悄無聲息褪了顏色。

原本血一樣濃郁的色澤，只剩下一半深淺。

肉眼可見地，牆上的血絲慢慢消退。

所有人合力反抗，白霜行也沒閒著。

教學大樓裡的鬼怪要麼在自相殘殺，要麼被學生們遛來遛去，她與沈嬋觸犯幾條規則後，直奔教師辦公室。

這一次，立在辦公室門口的告示牌更改了內容。

『教師辦公室須知。』

『請勿靠近、請勿靠近、請勿靠近！』

為了阻止他們找到秦夢蝶，白夜還真是煞費苦心。

白霜行心中嗤笑一聲，看向辦公室門前的走廊。

遍地都是手臂粗細的血管，應該和眼球怪物的觸鬚一樣，一旦有人靠近，就會立刻發出警報召喚怪物前來。

「……好多。」沈嬋打了個寒顫：「這麼多血管，到時候來的，不只一隻怪物吧？」

極目遠眺，在靠近辦公室的樓梯上，也同樣遍布血管。

這樣一來，季風臨爬上四樓的方法也沒了。

白霜行：「再等等。」

一時沒人說話，走廊裡寂靜無聲。

忽然，有腳步聲從遠處傳來，不知是誰說悄悄話一樣小聲開口：「現在……可以嘗試敲門了嗎？」

白霜行回頭，是班裡存活下來的另一名女生，叫林蘭。

緊隨其後，是越來越多的腳步，和越來越多熟悉的人影。

人齊了。

「嗯。」

腦海中，監察系統六六三不斷尖叫，最終演變為口不擇言的怒罵。

白霜行好整以暇，揉了揉略有疲脹的小腿，輕聲笑笑：「走吧。」

體育股長名叫周澤銳，自告奮勇第一個上前。

當腳底觸及地上的血管，不出所料，四周驟然響起怪物們雷霆般的轟鳴。

有尖牙利齒的血盆大口出現在樓梯口，有一雙雙毫無血色的蒼白手臂從牆邊伸出，也有鬼影四起，瀰漫出燒焦的沉悶氣息。

祂們的頭號目標，當然是周澤銳。

一條粗壯如蛇的血管飛速襲來，周澤銳即刻側身躲開，下一秒，身後猛地掠過一陣陰風。

他來不及回頭，電光石火間，有人驀地抓住他的手臂，用力一拽。

是風紀股長李知奕。

在千鈞一髮的關頭，這個總是被嘲笑文弱怯懦的男生，將他從必死的危機裡拉了回來。

周澤銳一愣，隨即揚唇：「謝謝。」

那張巨大的嘴橫在中央，口中吐出惡毒的咒罵。

沈嬋動作飛快，大叫一聲向後奔逃，血盆大口倏然張開，死死追在她身後。

一人一怪之間的距離越來越近，經過轉角時，一張木椅狠狠砸來，不偏不倚，正好砸在怪物身上。

——陳妙佳站在走廊另一頭，似是挑釁，朝它勾了勾手指頭。

「來。」她吸了口氣，看著怪物，也像看著曾經的自己：「我已經……不怕你了。」

另一邊，白霜行同樣處在奔跑之中。

她要使用「共情」，必須親自敲開辦公室大門，與秦夢蝶接觸。

一來是為了方便使用技能，二來，此時此刻的秦夢蝶受到邪神壓制，很可能喪失理智，變成厲鬼形態。

如果是其他學生敲開大門，或許來不及說話，就會被她一擊斃命。

對於體能，白霜行很有自知之明。

她的身體一直不算好，長跑下來總會累個半死，萬幸，走廊不是太長。

而且她的反應足夠快也足夠靈活。

避開一隻洶洶襲來的鬼手，躲過一根突然襲擊的血管，距離辦公室越來越近。

辦公室門口飄出一隻幽靈，白霜行正思索著怎樣才能引開祂，猝不及防，身後襲來冷入骨髓的陰氣。

——有東西在她身後。

身後的襲擊往往最難避開，她沒多想，在側身的剎那，觸到一陣似曾相識的風。

「這裡交給我們。」後背被人輕輕一推，季風臨語氣柔和：「放心。」

他引開散出陰氣的厲鬼，而江綿從他懷裡一躍而下，奔向辦公室門前的幽靈。

——最終的局，不僅僅是她一個人來破。

高二（一）班，剩下十位學生。

他們擁有自己的名字，也有著破釜沉舟的勇氣，即便尚且青澀稚嫩、並不完美，但在這場充斥著鬼怪的白夜裡，足以成為破局的希望。

早在計畫開始時，季風臨就提過，去往辦公室的路上風險未知，他會竭盡所能地幫她。

把後背像這樣交付出去，感覺還不錯。

不知不覺間，辦公室大門已近在咫尺。

迎面而來一股令人窒息的陰風，伴隨著濃郁不堪的焦臭味道。

更近了。

還剩下最後一公尺——

白霜行抬手，用力敲響房門：「秦老師——！」

聲響劇烈，聲聲入耳。

如同對她的回應，在四面八方昏沉陰暗的紅霧裡，隱約間，白霜行瞥見一縷刺目的火光。

沒有絲毫停頓，吱呀一聲。

門開了。

開門聲毫無徵兆地響起，走廊裡所有的鬼怪，全在同一時刻停下動作。

如果細細去看，會發現它們向來癲狂恐怖的臉上，已被極度的恐懼渾然占據。

那是力量上的絕對壓制，有什麼遠遠凌駕於祂們之上的東西，被放了出來——

霎那間，從辦公室黑洞洞的門裡，奔湧出業火般赤紅的洶湧火光。

天邊狂風大作，既定的規則即將傾倒，當白霜行抬眼看去，對上一雙毫無生機的眼睛。

黑髮浮空，好似綿延不絕的漆黑怒濤，在她身後是不絕的烈火，以及能把一切吞噬殆盡、無可匹敵的殺意。

這是真正的秦夢蝶。

一位主導著整場白夜、不折不扣的厲鬼。

『快停下！』監察系統六六三聲嘶力竭：『這是隻極度強悍的厲鬼……一旦共情失敗，妳會被她吞進肚子裡！』

似曾相識的反應，似曾相識的場景。

潮水般的威壓將她吞沒，白霜行竭力維持住搖搖欲墜的理智，看向腦海中的技能面板。

『尊敬的挑戰者，已為妳開啟技能「神鬼之家」！』

『檢測到技能需求……是否確定使用「共情」？』

「妳是在擔心我，還是擔心妳的白夜？」白霜行笑了笑：「如果秦夢蝶的力量澈底壓垮邪神，到那時，這場白夜會變成什麼樣？」

六六三：『妳這混蛋……滾出去！』

可惜已經遲了。

在它怒吼出聲的瞬間，白霜行擦去鼻子裡湧出的血——她確定。

第九章　第二位家人

『「共情」確認。』

『正在建立意識連結……』

耳邊傳來呲啦的電流聲音，斷斷續續，聽不清晰。

啟動「共情」後，大腦中的恍惚感比遇見江綿那次更加強烈。

某種力量在排斥她的靠近，把白霜行用力往外推。

不知過了多久，電流聲減弱，取而代之的，是烈火燃燒時發出的劈啪輕響。

整個人暈暈乎乎，白霜行努力穩住心神，不讓自己被那股無形的力量推走。

前方什麼也看不見，如同籠罩著漆黑的巨幕，四面八方透不進一絲亮光。

而當火焰的聲音突然響起，一縷火苗出現在黑幕之上，火勢漸大，將幕布猛地燒裂開來。

黑幕化為灰燼，白霜行終於見到第一道陽光。

出乎意料的是，在秦夢蝶的意識裡，第一個場景並非興華一中——

這場白夜的主體是興華一中，那麼她殘留在此的記憶，應該也是有關學校的才對。

頭腦仍然有些混沌，白霜行試著邁開腳步，抬頭打量四周。

這裡似乎……也是一所學校。

視線所及之處，是一間間整齊排開的教室，走廊裡沒有其他人，很安靜。

顯然，這所學校的資金並不充足。

教學大樓看起來已經有些年頭，很久沒翻修，走廊狹窄，地上沒鋪瓷磚，隨處可見坑坑窪窪的凹陷。

向著窗外望去，操場同樣面積很小，兩旁栽種有零散的花草樹木。

由於見不到學生，白霜行沒感覺到青春期應有的蓬勃朝氣，只看出幾分蕭瑟的冷寂。

這裡是秦夢蝶曾經的學校嗎？

這樣想著，白霜行側過頭去，看教室前的班級牌一眼。

國二（三）班。

原來是國中。

多虧這一瞥，在不遠處的教室裡，白霜行總算找到兩道人影。

左邊的國中女生穿著件黑白相間的制服，綁了個潦草的馬尾；在她身邊，是個三四十歲的女人。

兩人站在教室裡的講臺上，與白霜行隔著一段距離，從現在的角度望去，很難看清她們的臉。

白霜行沒有猶豫，直接往前。

有了上次在江綿意識中的經驗，這一次，她的動作輕車熟路許多——

眼前的所有景象都是回憶，她身為一個外來的不速之客，無法被回憶裡的其他人看到，所以行動起來，不必擔心惹出任何麻煩。

靠近了再觀察，國中女生身材瘦小、相貌清秀，五官與秦夢蝶重合。

不出所料，這段記憶的內容，是秦夢蝶國中時發生的事。

「考試成績又退步了。」中年女人推了推鼻樑上的眼鏡，手中拿著張試卷：「這是連續第三次……我聽說，妳最近連作業都是抄別人的？」

國中生怯怯低著頭，沒出聲。

「秦夢蝶。」女人嘆了口氣：「能說說，妳是怎麼想的嗎？」

然後是一段長時間的沉默。

秦夢蝶不說話，女人一言不發盯著她，目光凝沉，不怒自威。

此時還只是個國中生的秦夢蝶，當然沒辦法忍受這樣的眼神。

「我……」她還是低垂著腦袋，摳了摳手指頭：「老師，現在這麼辛苦的念書，到底有什麼用？」

秦夢蝶的聲音越來越小：「我聽別人說……像我們這種小地方出去的人，不管多努力，以後都很難賺到大錢，那些成天念書的人，其實才是真正的笨蛋。而且，長大之後——」

她頓了頓，嗓音低不可聞：「我遲早要嫁人，跟著那個人過日子。」

講臺上又一次陷入可怕的沉默。

一陣子後，女人揉了揉眉心，眼底生出幾分慍怒：「是誰告訴妳這些的？」

秦夢蝶沒說話。

白霜行看著她，不免有些驚訝。

在多年後的興華一中裡，秦夢蝶是被所有學生認可的優秀教師，無論性格還是工作能力，全都無可挑剔。

白霜行還以為她是從小到大順風順水的乖學生，沒想到從秦夢蝶嘴裡說出過這樣的話。

中年女人沉默著思忖幾秒，忽然站起身，走到窗邊。

唰啦一聲，窗簾被她打開。

柔和的夕陽如潮水般湧來，白霜行順勢轉頭。

從這個方向遠遠眺望，教室後面，是一座荒涼的後山。

更遠的地方，是連綿起伏，望不到盡頭的群山。

女人問：「去過比這裡更大的城市嗎？」

秦夢蝶一愣，搖頭。

「更大的城市裡，透過窗戶往外看，見到的不是這樣的山峰。」對方說：「妳會看到高樓、寬闊的大路、繁華的商店街——」

她停頓一下，繼續說：「在那裡，妳能看話劇、吃高檔餐廳、去最大的遊樂場、參加美術展音樂會……做這些事的時候，妳會覺得開心，對吧。」

秦夢蝶的表情還是呆呆的，點了點頭。

中年女人笑了笑。

「所以——」她說：「去做讓妳自己開心的事，和別人的閒言碎語有什麼關係呢？只要妳能考上更好的學校、去更大的地方，不管別人怎麼想，妳自己總能過得比現在更好，不是嗎？」

「還有結婚。」女人想了想，認真凝視著女孩的雙眼：「誰說結婚以後，妳就要『跟著那個人過日子』？秦夢蝶，妳是為了自己在活，不是為別人。」

聽到最後一句話，身穿黑白制服的國中女生微微一怔。

長期以來，她聽過太多類似於「嫁雞隨雞，嫁狗隨狗」、「女人就應該相夫教子」的話，這是從很多年前起，就在很多人心中根深蒂固的觀念。

而現在，它們如同蔓延滋生的苗芽，漸漸探向嶄新的下一代男男女女。

今天聽見的幾段話，讓女孩愣了神。

她破天荒地想——為了自己，她能活得更好嗎？

中年女人話音落下，白霜行周圍的空間，出現扭曲。

緊接著，像是大火迅速燒滅一張畫作，眼前的景象化作飛灰。

這裡的人與物同時消散，露出下一幅畫卷上的內容。

這一次，白霜行認出來了。

高挺的教學大樓、教室裡熟悉的陳列擺設、窗外和煦溫暖的陽光，正是興華一中。

時間轉眼來到數年以後，秦夢蝶來到這所高中任教。

白霜行後知後覺地想起，高二（一）的學生們曾對她說過，秦夢蝶畢業於A大，原本能去大城市裡更好的學校工作，卻最終選擇回到家鄉。

她很喜歡這一屆學生。

朝氣蓬勃、勤奮刻苦，每個人都有各自不同的性格，見到她時，總會禮貌又乖巧地說上一聲「老師好」。

一節生物課結束，白霜行看著她向學生們道別，拿著課本離開教室。

走到半路，不知想到什麼，秦夢蝶停下腳步。

「文件還沒交……都這個時候了，不知道校長還在不在。」她喃喃自語：「先去看看吧。」

聽見「校長」二字，白霜行心中一緊。

每個人都擁有紛繁複雜的意識碎片，能被她共情感受到的，一定是其中的重要大事。

既然與校長有關……那很大機率，這就是秦夢蝶發現邪神祭祀的起始。

秦夢蝶辦事效率很高，即刻回到辦公桌旁拿上文件，出發前往校長辦公室。

現在天色已晚，月明星稀。秦夢蝶腳步輕快，白霜行跟在她身後，心裡全是說不出的感受。

今晚發生的一切，將成為秦夢蝶死亡的引子。

她猜得沒錯。

來到校長辦公室前，正當秦夢蝶打算伸手敲門時，從屋子裡傳來男人的咆哮：「還沒找到適合的人？距離十號只有幾天了！」

是校長。

印象中的校長溫文爾雅，從沒像這樣氣急敗壞過。

秦夢蝶愣了愣，停下動作。

屋子裡，另一個人的聲音很低，秦夢蝶聽不清。

然後又是校長急躁的聲音：「好不容易得到這麼個機會……如果實在沒有小孩，就去找個窮人家給點錢，只要事成了，往後有我們發達的時候，不在乎這點錢。」

……小孩？

偷聽不是禮貌的行為，秦夢蝶本來想走，聽到這裡，皺了皺眉頭。

另一個人不停附和：「是……我昨天物色到一個……家裡有好幾個小孩，養不起……價錢需要商量……」

秦夢蝶的臉色漸漸發白。

「十號過後，我們的好運就來了。」校長笑：「在這個破地方當了這麼久的校長，要錢沒錢要權沒權，我都快憋死了——希望『神』能保佑，讓我升官發財吧。」

他說著打個哈欠：「好了，就說到這裡。你以後別來學校找我，如果被別人聽到怎麼辦？不是早就告訴過你，只在我家說這件事嗎？」

「不是事態緊急嗎。」另一人討好地笑：「祭品必須提早定下來。」

祭品。

秦夢蝶臉色更差。

小孩，好運氣，「神」，祭品，價錢，幾天後的十號，不能被別人聽見。

一連串詞句組合在一起，她一向聰明，很快有了令人毛骨悚然的猜測。

如果這是在電影裡，秦夢蝶一定會踩到什麼東西，或是手機鈴聲突然響起，被屋子裡的兩人聽見，並展開一場驚心動魄的追擊。

總之，她會以各種方式暴露行蹤，從而讓自己陷入危險的境地。

萬幸，現實不是電影。

秦夢蝶屏住呼吸，沒發出任何聲音，慢慢地、慢慢地挪動腳步。

奇怪。

白霜行有些疑惑：既然她沒暴露自己的位置，後來為什麼會被校長發現呢？

她思索片刻，忽地心下一動，抬起頭，掃視校長辦公室門外的走廊。

果然，有監視器。

如果沒猜錯的話……在事後，校長檢查了監視器。

今天的對話格外重要，他或許只是做賊心虛隨意一看，沒想到，看到秦夢蝶的身影。

秦夢蝶腳步很快。

心口怦怦跳個不停，她被嚇得不輕，渾身上下處於緊繃狀態，直到走出教學大樓，終於緩緩吸了口氣。

下意識地，她拿出手機想要報警。

然而還沒按下號碼，秦夢蝶就意識到不妥。

她只聽到一段簡短的對話，除此之外沒有其他證據，如果報警，很可能搜不到任何線索。

那樣一來，不僅毫無成果，還會打草驚蛇。

她必須……在十號到來之前，努力尋找更多犯罪的證據。

轉眼間，又是一簇火焰襲來。

白霜行見到幾幅不同的畫面。

秦夢蝶向鎮裡的老人詢問有關「神」的事情，查詢校長的工作檔案，在深夜的桌前奮筆疾書。

按照她的計畫，不管能不能找到一錘定音的線索，在十月九號，一定要提前報警。

十號當天，如果能把校長控制住……就算定不了他的罪，也能讓他沒時間去傷害作為祭品的孩子。

場景逐漸模糊，畫面一晃，定格在第二天傍晚。

看周圍的布置，應該是學校的教師餐廳。

老師們打好晚餐飯菜，紛紛在桌前落座。

校長笑得慈祥和藹，不知出於什麼原因，坐在秦夢蝶不遠處。

肉眼可見地，秦夢蝶脊背一僵。

她昨天……隱藏得很好。

他不可能發現吧？

中年男人樂呵呵，正吃著飯聊著天，忽然轉過頭：「秦老師，妳怎麼看？」

他的雙眼小而長，眼珠黝黑，讓人想起伺機而動的毒蛇。

秦夢蝶努力保持鎮定，揚唇笑了笑：「校長，怎麼了？」

對方同樣在笑，看了看身邊其他幾個老師：「我剛剛和這幾位老師在聊社會新聞。」

校長說：「最近不是常有人口販賣的事嗎？我在網路上看過一些討論，說那些賣小孩的家庭也挺不容易，實在窮得沒辦法，只能像這樣維持生計。」

一瞬間，心臟如同浸入水底。

從腳底生出森森陰寒，秦夢蝶能感到從骨子裡散發的冷意——他知道了。

不對，她明明沒發出一點聲音，校長怎麼可能察覺得到？又或許……這只是巧合？

「至於那些小孩，活著成了家裡的累贅，沒什麼價值，那些網友說，還不如把他們賣掉。」校長笑得溫厚：「秦老師，妳怎麼看？」

明明目光含笑，卻讓她心底止不住戰慄。

秦夢蝶握了握拳，手心一片冷汗，沉默幾秒，對上他黝黑的眼睛。

別怕，只是巧合。

這是好幾個老師一起聊到的話題，校長一時興起，詢問她的意見而已。

「一個人是不是累贅，有沒有價值，其他人沒有資格輕易評判。」秦夢蝶輕輕吸一口氣：「那些孩子……每個人的命運，都不應該斷送在別人手裡，就算是父母也不行。」

校長靜靜看著她，一秒鐘、兩秒鐘，十秒鐘。

良久，男人彎起雙眼，朝她最後笑了笑：「我也是這麼想的。」

即便是白霜行，看著他此刻的神情，也不由得感到毛骨悚然。

畫面定格在校長的笑臉，沒過多久，再度被火焰灼燒而過。

這一次，白霜行來到辦公室。

時間很晚，天完全暗了下來，看不見月亮，漆黑無垠的穹頂上，鑲嵌著幾顆暗淡的星點。

秦夢蝶穿著和晚餐時相同的衣服，看時間，應該是同一天。

這時晚課結束，大多數老師已經回家，只有她和隔壁班的物理老師待在辦公室。

秦夢蝶有留在辦公室裡批改完作業的習慣，更何況，還有另一件重要的事情正等著去做——打開抽屜，裡面靜靜躺著一張未完成的海報。

興華一中出了新政策，每個班級都要制定屬於自己的班規，讓學生們嚴格遵守。

幾乎所有老師參考了校規條例，比如「不遲到早退」、「尊師敬長，刻苦學習」、「保持恰當的男女距離」。

那樣的話，不就是另一個版本的校規了嗎。

秦夢蝶想，她的學生們值得另一份與眾不同的禮物。

一週前她開始著手準備這份班規，到明天，應該能順利張貼在教室裡。

想起明天，秦夢蝶期待之餘，又感到一陣緊張。

……晚餐結束後，她獨自前往空無一人的校園角落，把今天搜集來的情報統一整合，悄悄報了警。

把一切告知警方，總不會出問題。

警方表示會嚴肅處理，並儘早著手展開調查。

不知道這件事會得到怎樣的處理。

時間不早，秦夢蝶決定儘快完成班規，然後回家睡覺——

也許是因為校長那道眼神的緣故，在學校裡待著，她總覺得有點嚇人。

不過……當時校長辦公室的大門緊閉，校長不可能發現她，應該沒事吧。

「秦老師，還要繼續忙啊？」隔壁班的物理老師伸了個懶腰，從桌前起身：「我準備走了——噢，妳還在寫班規。」

「嗯。」秦夢蝶笑笑：「第一條班規怎麼想也想不出來，到現在還空著，畢竟是最重要的一條嘛。」

「妳對學生真夠用心的。」物理老師聳肩，遞來一杯水：「喝口水休息一下吧。我先走了，妳注意身體，太累了不好。」

一整天忙碌下來，她一直沒能喘口氣，秦夢蝶感激地接下，一飲而盡。

物理老師揮手告別，秦夢蝶垂下頭，繼續思考她的第一條規則。

這個場景之所以出現，一定有它存在的理由。

白霜行心裡湧起不安，很快，她察覺到不太對。

隨著時間流逝，秦夢蝶的眼皮……開始打顫。

現在還沒到入睡的時間，她卻漸漸地、毫無知覺地合上雙眼。

不對。

那杯水有問題！

意識到這一點，白霜行心口一顫，然而來不及思考更多，啪一聲，眼前的燈光突然全滅。

學校裡……停電了？

她隱約猜出校長的計畫，正要上前一步，意識卻翻江倒海——

如同坐上雲霄飛車，腦海中亂作一團，強烈的暈眩感讓她感到一陣噁心，隨之而來的，是火焰一樣炙熱的溫度。

火。

在被校規占領的白夜裡，當他們靠近教師辦公室時，的確聞到無比濃郁的燒焦味。

告示牌上也寫過，「一位老師不慎引發火災，辦公室暫時關閉，請勿靠近」。

「共情」進行到這裡，真實世界中的前因後果終於得以串連。

校長極有可能透過監視器發現秦夢蝶的行蹤，為除後患，找到一名同夥，把放了藥物的水遞給她。

等她喝完，睏意上湧，一旦發生火災……

秦夢蝶必死無疑。

點火之前，他們特地關掉電閘，營造出跳閘斷電的假像，這樣一來，之所以會發生火災，也就有了合理的解釋。

——跳閘後，秦夢蝶點燃備用的蠟燭，打算繼續完成班規，沒想到越寫越睏，迷迷糊糊睡了過去。

於是蠟燭點燃紙張，引發一場可怕的大火。

藥物被火焚燒，校長本人擁有不在場證明，如果秦夢蝶沒有提前打那通報警電話，這件事不會懷疑到他頭上。

四周的溫度持續上升。

白霜行彷彿置身於火爐，皮膚上傳來被烈焰灼燒的痛感，空氣則是極致沉悶，每一次呼吸，都會吸進焦臭的煙氣。

絕對不能陷進去。

她手指用力，指尖深深刺進肉裡。尖銳的刺痛喚醒了神經，再眨眼，白霜行心跳猛然加速。

辦公室的景象無聲褪去，在她身邊沒有光，沒有空間，也沒有了火。

黑暗無邊，濃烈的怨念凝為實體，在一片浩瀚無邊的暗色裡，靜靜站著一個女人。

是秦夢蝶。

準確來說……是厲鬼形態的她。

長髮飄蕩如蛇，一雙血紅的眸子滿含死氣，毫無血色的皮膚上，有好幾塊被焚燒的痕跡，露出內裡焦黑的血肉。

在「共情」狀態下，白霜行體會到她的情緒。

混沌、憎恨、仇視，以及要把眼前一切吞噬殆盡的殺意。

這是一位比江綿更加強大的厲鬼。

與之對應的，在她身上，屬於人類的理智即將傾覆、岌岌可危。

當她注意到白霜行，指尖生出一道幽藍火焰。

一副即將展開攻擊的架勢。

「秦老師。」

在這種情況下，只要說錯一句話，等待白霜行的下場，將會是萬劫不復。

心臟暗暗揪緊，白霜行面上雲淡風輕：「還記得我嗎？」

對方沒有回答，指尖的火焰悄然上竄，逐漸蔓延向她的手臂與前身。

「共情」沒有失效，代表在一定程度上，秦夢蝶能理解她的話。

「或者——」白霜行看向厲鬼的雙眼：「高二（一）班。」

聽見這幾個字，秦夢蝶的瞳孔驟然緊縮。

「他們一直遵守由妳定下的規則。」

奏效了。

白霜行壓下躁動的心跳，緩緩向前：「即便在白夜裡……自始至終，他們都願意相信妳。」

血絲在厲鬼的眼中迅速擴散，秦夢蝶的身體微微顫抖，幽藍火焰更烈更洶。

但在她瞳孔深處，依舊是生人勿近的凶戾殺氣。

「別過來。」理智所剩無幾，秦夢蝶難掩殺心：「……殺了妳！」

白霜行腳步沒停。

「現在邪神的力量得到釋放，學生們被困在這裡難以逃離。」身邊的溫度漸漸升高，她視若無睹，繼續說：「他們很可能，撐不過今天。」

不知不覺間，白霜行來到她身前。

騰湧的藍色鬼火占據視野，想要簽訂契約，雙方必須有肢體接觸。

「沒有第一時間發起攻擊，妳還記得我，對不對？」白霜行揚了揚唇：「他們都在等妳——我能帶妳離開。」

「走……」身前的厲鬼長髮劇顫，黑霧一般席捲大半視野，烈火洶洶，攜來她的厲聲冷斥：「走開！」

然而猝不及防地，剩下的話語全部卡在喉嚨裡。

——白霜行伸出雙手，迎著熊熊火焰，將她擁入懷中。

她的聲音很輕：「我……看到妳寫下的第一條規則。妳是個好老師，謝謝妳。」

白霜行並非冷血無情的木頭人，在這次「共情」裡，有過擔憂，有過緊張，最後看見秦夢蝶的那張海報紙，她靜靜站在原地，沉默了很長時間。

她賭對了。

被她觸碰的一瞬間，幽藍火焰失去灼熱，秦夢蝶沒有傷害她。

被毫無防備地擁抱住，厲鬼眼中出現一絲怔忪，與此同時，聽見白霜行繼續說：「醒來後發現自己被大火包圍，一定很害怕，對不對？」

張牙舞爪的火焰停下動作。

「只有妳能救他們，陳妙佳、李知奕、蘇瑾……很多同學在等妳。」

白霜行抬手，輕輕拂過她的頭：「別怕。來我的家……我為妳復仇。」

溫柔而篤定，在這片毫無亮色的煉獄裡，無論是誰，都無法拒絕這樣的語氣。

一片寂靜裡，似曾相識的提示音在耳邊響起。

白霜行沒說話，嘴角悄然彎起。

『叮咚！成功發動技能「神鬼之家」。』

『契約達成，正在建立連結——』

「會沒事的。」白霜行溫聲告訴她：「等一切結束後……讓所有同學親眼看看，由妳寫下的第一條規則吧。」

第一條規則。

本就朦朧的意識漸漸拉遠，厲鬼感到一陣恍惚。

隱約間，她想起十分遙遠的，屬於她生前的事情。

她負責的班級是高二（一）班。

她很喜歡這一屆學生。

朝氣蓬勃、勤奮刻苦，每個人有不同的性格，見到她時，總會禮貌又乖巧地說一聲「老師好」。

可是不知道為什麼，大多數同學，似乎並不喜歡自己。

班裡的風紀股長名叫李知奕，是個做事一絲不苟的男孩子。

在某個陰雨連綿的星期三，李知奕看著她，神色暗淡無光。

他說：「老師，我不會交朋友，不會打籃球、踢足球，我真是糟透了，活該被人欺負。」

不會啊。

李知奕明明認真又仔細，腦子也聰明，好幾次數學考試的壓軸大題，只有他和季風臨做出來。

總坐在最後一排的女生叫陳妙佳，是個很有個性的女孩子。

可不只一次，陳妙佳在她眼前落下眼淚。

「老師，我是不是很糟糕？什麼都做不好，沒有人喜歡我。」陳妙佳說：「我有時候會覺得，如果我打從一開始就沒出生在世界上，我爸媽只有弟弟一個孩子……他們是不是會變得開心許多？」

當然不是這樣。

陳妙佳非常聰明，上課雖然總是睡覺，卻能掌握重點，而且她的性格外向總是在笑，像一個小太陽。

還有因為家境貧窮而倍感自卑的劉媛媛，因為身材微胖而怯怯不說話的張俊，因為成績不好而悶悶不樂的宋雨珂……

他們其實一點也不差，只是自己不知道。

於是在人生中的最後一個夜裡，高二（一）班的班導師，完成她的班規海報。

她的心中滿含憧憬，期待著明天早晨，又一次見到那群孩子朝氣蓬勃的臉。

在班規第一條，最重要也最顯眼的地方，被她一筆一劃認真寫道：

『同學們，請不要忘記。』

『未來是美好的。世界是美好的。初升的太陽是美好的。』

『無論何時何地，你們是美好的。』

身邊是漫無邊際的黑暗，一團火焰時隱時現，成為唯一的光源。

白霜行抱住的女人身形消瘦，明明被火光縈繞，皮膚卻冷得像冰。

契約達成的瞬間，腦海深處響起一聲系統提示音。

白霜行凝神看去，在「神鬼之家」的面板裡，見到全新的文字。

『叮咚！』

『獲得家人：秦夢蝶（鬼）。』

『家庭檔案：秦夢蝶，女，生前二十六歲，被烈火焚燒而死，執念極強。當前好感度：可以信任。』

可以信任。

白霜行想起江綿對自己的好感，是「較為親近」。

小孩子涉世未深，更容易對她產生依賴。

而對於目前的秦夢蝶來說，白霜行與沈嬋只不過是兩個莫名其妙闖進這場白夜的陌生人，充其量，只能算作「能夠信賴的、站在統一戰線的隊友」而已。

不過好感度這種東西，本來就是要慢慢提升的嘛。

白霜行繼續往下看。

『「秦夢蝶」技能簡介。』

『一、焚心之火：厲鬼基礎技能，可將秦夢蝶短暫召喚至身邊，並操控業火進行攻擊（僅限白夜中使用）。』

『持續時間：十分鐘。』

『冷卻時間：每場白夜挑戰僅能使用一次。』

『每次可使用對象：無限制，對人類、厲鬼、任何非人異生物皆會造成傷害。』

『二、未知（請努力提升與家人的好感度，從而獲取更多技能）。』

毋庸置疑，這是個非常強力的攻擊技能。

持續時間足夠長、不限制使用對象，假如什麼時候白霜行被鬼怪包圍，「焚心之火」將成為一根救命稻草。

而且……就當下的困境來看，他們終於得到破局的希望。

接下來的計畫在心中成型，白霜行又聽見系統音。

『叮咚！』

『檢測到挑戰者已與三名家人簽訂契約，技能自動升級，開啟「家譜」系統！』

『家譜簡介：爸爸的爸爸叫爺爺，爸爸的媽媽叫奶奶。在每個家庭裡，家族成員們擔任著不同的角色，為了增加「家人」的歸屬感，請為他們選擇適合的身分吧！』

白霜行微微一頓，順勢點開「家譜」系統。

系統畫面很簡單，江綿、宋家奶奶、秦夢蝶的頭像一字排開，在頭像正下方，是一行白色小字。

『家庭身分：未確定。』

緊隨其後，一個小視窗出現在眼前。

『叮咚！檢測到挑戰者獲得了新的家人，「秦夢蝶」。』

『已為您篩選出適合「秦夢蝶」的身分，請選擇——』

白霜行接著往下看，見到好幾個不同的選項。

媽媽、小姨、姐姐、阿姨……

秦夢蝶去世時，只有二十多歲，選「媽媽」和「阿姨」，怎麼想都不合適。

時間緊迫，白霜行把選項飛快掃視一遍，最終毫不猶豫選擇了「姐姐」。

無論年齡、性格還是秦夢蝶帶給她的感覺，都像溫柔的大姐姐。

至此，契約正式締結。

外面的學生們不知正經歷著什麼，白霜行深吸一口氣，動了動僵硬麻木的指尖。

她後退一步，鬆開抱住秦夢蝶的雙手，與近在咫尺的厲鬼四目相對。

那是一張幽怨恐怖的臉，處處布滿被烈火燒灼過的痕跡，雙眼之中一片混沌，仍然沒有太清醒的意識。

白霜行看著這樣的她，眼中毫無懼色，默默伸出手，握住厲鬼冰涼的指尖。

「走吧。」她沉聲說：「一起去外面。」

白夜，辦公室外。

敲開辦公室大門後，白霜行的身影被烈焰瞬息吞沒。

火光灼灼，刺得所有人睜不開眼。當學生們再凝神看去，辦公室的大門依舊敞開，只不過內裡空蕩蕩，沒有火，更沒有人。

白霜行……消失了。

與她一起不見的，還有走廊裡凶神惡煞的鬼怪。

「她——」陳妙佳已經引得兩隻怪物自相殘殺，這時剛回到走廊，見到這幅景象，不禁一愣：「她不會出事吧？」

「辦公室裡是秦老師，應該不會傷害學生。」沈嬋跟在她身邊：「相信霜霜吧，她一定沒問題的。」

話雖這麼說，下意識地，沈嬋還是把目光挪向辦公室。

一股燒焦味從中源源不斷散發出來，摻雜著不明的腐臭，讓人忍不住捂住口鼻。

辦公室明顯經歷過一場火災，牆壁焦黑、桌椅盡數淪為木渣，只看一眼，就能想像到這裡曾經發生過多麼慘烈的禍事。

秦夢蝶在辦公室裡，而辦公室又是這樣的模樣……

沈嬋暗暗攥緊衣袖，不免為白霜行感到擔心。

希望……不要出事才好。

「之前的告示牌寫過，有位老師不小心引發了火災。」季風臨站在辦公室門邊，眸色微沉：「現在看來，火災就是校長害死秦老師的手段。」

李知奕眼眶驟紅，咬緊牙關：「……畜牲！」

「你們看。」

之前在走廊裡跑來跑去，蘇瑾累得筋疲力盡，雙腿發軟靠在牆邊。晃眼看到什麼，她陡然怔住，伸手指向天邊：「天空……好像變得明亮一些了。」

沈嬋循聲抬頭。

果然，自從白霜行進入辦公室後，不僅鬼怪們消失無蹤，就連天空的顏色，也有了變化。

在白夜裡待了兩天，沈嬋幾乎要習慣那種陰沉沉灰撲撲、四處瀰漫暗色紅霧的色調，直到這一刻，終於窺見一線陽光。

光線並不強烈，柔和得像是蕩漾著的水波，從雲層深處一圈圈暈染四散，把渾濁壓抑的暗色逐漸吞噬。

這是秦夢蝶的力量甦醒、校長一方受到壓制的徵兆。

「校長現在，應該在廣播室吧。」陳妙佳臉色很差，嗓音陰沉發抖：「如果可以的話，我們不如直接去廣播室——」

她的話還沒說完，偌大校園裡，忽然響起熟悉的全校廣播。

這次發言的人不是校長，換成了冰冷乾澀的機械聲響，伴隨著呲啦雜音，迅速傳遍每棟教學大樓。

『警報、警報！』

『檢測到高二（一）班學生違反校規校紀、屢教不改，即將對高二（一）班進行全體處罰！』

廣播聲落下，從校長辦公室的方向，傳來極度刺耳的嗡鳴。

沈嬋下意識感到不妙，抬頭望去，心口重重一跳。

——疾風突起，原本處於劣勢的灰黑雲層猛然有了反撲的力氣，好似暗潮洶湧，一舉蓋過新生的瑩白亮光！

與此同時，牆壁上的血絲扭動得更為劇烈，不斷膨脹變形、滲出殷紅血跡，如同一條條纖細的河流，最終彙集在走廊盡頭。

身後不遠處，有噠噠的腳步聲響起。

天邊再度被暗紅色血霧籠罩，在愈發壓抑的黑暗裡，學生們齊齊回頭。

——是校長。

準確來說，是個由校長化成的怪物。

無論如何，他此刻的模樣，不配被稱作「人」。

臉上的血肉幾欲脫落，有的地方鼓起紅腫血泡，有的地方褪了層皮，像是厲鬼披了張畫皮，由於動作匆忙，無法做到嚴絲合縫。

從他的胸口、四肢和後背上，一條條章魚般的觸鬚正在緩慢生長，觸鬚蠕動，即便隔著一段距離，也能嗅到令人作嘔的腥臭味。

被白霜行刺出的那道傷口，已經痊癒了。

傷疤上，重新探出一條嶄新的觸鬚。

「……靠。」陳妙佳右眼皮瘋狂跳動，後退一步：「這什麼鬼東西？」

她身後的風紀股長李知奕目瞪口呆，十分罕見地，沒有提醒她必須禮貌用語。

「校長很可能打算全力一搏。」季風臨把江綿護在身後，壓低聲音：「現在的局勢對他不利，只要白霜行把秦老師喚醒，他就會徹底失去主動權。所以……」

「在最後的機會裡，他一定會拼盡全力，挽回敗局。」

他話音方落，蘇瑾雙眼睜大，從喉嚨裡發出一聲低啞的驚呼。

季風臨皺起眉。

牆上的血絲彷彿擁有了生命力，忽然一股腦湧向校長所在的方向。

而長滿觸鬚的男人步步向前，行至走廊中央，忽然停住——

緊接著，他身後的觸鬚聚成一團齊齊上湧，似乎包裹著什麼東西，以無比虔誠的姿勢，將其小心翼翼放向地面。

觸鬚的顏色趨近於青灰，當季風臨細細辨認，在一團渾濁的青灰裡，瞥見一抹突兀的紅。

沈嬋心有所感：「不、不會吧……」

那大紅色的東西，不會是——

不幸的是，事實正如她所想。

當觸鬚將那抹紅色輕輕安放於地面，窸窸窣窣逐一挪開後，內裡的事物終於顯現而出。

是那尊被紅布遮蓋的神像。

神像被穩穩立在中央，四面八方的血絲趨之若鶩，浪潮一般席捲向前。

它們的動作瘋狂且迅捷，將要觸及到神像邊緣時，卻又輕顫著停下動作，以近乎於膜拜的勢頭懸在半空。

不約而同地，當目光觸碰到紅布時，學生們感到一陣眩暈。

「不要直視那尊神像。」沈嬋有經驗，當即出言提醒：「那東西有問題。血絲全跑過去了，應該是受它影響……嘶，怎麼跟明星在開粉絲見面會似的。」

陳妙佳渾身發抖：「妳覺得這個比喻適合嗎！」

不怪她發抖，神像帶來的壓迫感，確實與之前見過的血腥怪物截然不同。

怪物們帶來的，大多是血與肉的視覺衝擊，只要見多了，總能慢慢習慣。

唯有那尊神像，自帶一股邪性至極的陰毒煞氣，明明從外形上看不出有什麼特殊，卻能讓人打從心底生出戰慄寒意，渾身上下每個細胞都在叫囂著想要逃離。

「校長把神像帶在身邊，難怪敢這麼瘋。」沈嬋當機立斷：「被他抓住就完了，快跑！」

對於受到「神明」惠及的信徒而言，距離神像越近，得到的力量越多。

眼看學生們轉身逃離，校長低笑一聲，猩紅的雙眼裡，浮起癲狂殺意。

時間不多了。

雖然不知道這些學生為什麼能靠近身為厲鬼的秦夢蝶，但想要制住他們，方法很簡單。

——秦夢蝶的力量之所以漸漸恢復，是因為學生們不再信任校長版本的規則，轉而遵循她的心願。

既然不能讓學生們對他言聽計從，那……

只要殺光這些小孩，不就沒人遵守秦夢蝶的規則了嗎？

到那時，秦夢蝶的意識無人喚醒，而他將借助「神明」的力量，再一次掌控這座校園。

心中的狂喜澎湃不休，校長吐出一口濁氣，抬起其中一條觸手。

更何況……把神像帶來這裡，還有另一個十分重要的目的。

獻祭。

雖然這些學生的生辰八字不符合「神明」的要求，但，只要能把如此之多鮮活的血肉獻給神……他作為信徒，一定能得到褒獎吧。

怪物臉上露出壓抑不住的笑意，身後觸鬚蠢蠢欲動。

下一刻，好似離弦之箭，猛地衝向距離最近的李知奕！

李知奕平日一心念書，很少參加課外體育活動，這時被神像嚇得渾身發軟，正要逃跑，才發現雙腿早就沒了力氣。

觸鬚速度飛快，即將靠近時，頂端竟倏然張開，露出滿口白亮亮的尖牙。

這樣的畫面實在非常精神污染，李知奕忍住噁心反胃的衝動，猝不及防，手被人一把抓住。

——不久前被他救下的體育股長周澤銳氣喘吁吁：「愣著幹什麼？跑啊！」

天邊紅黑交融，光亮被一點點吞噬殆盡，乍一看去，像極末日來臨的前兆。

走廊裡同樣一片混亂，不僅有觸鬚狂舞，神像旁的血絲得了指示，重新蔓延向牆壁、縫隙與地板。

靠近樓梯的學生們快步逃開，距離校長比較近的，則不得不淪為第一個犧牲品。

周澤銳拉著李知奕就跑，奈何身後的觸鬚窮追不捨，讓他們得不到半刻喘息。

慌忙之中，腳下不知絆到什麼東西，周澤銳一個踉蹌，狼狽摔倒在地。

他忍著痛，垂眸看去，發現一根橫亙在走廊上的血絲。

它早就布置好陷阱，只等他們自投羅網，現在成功得逞，在半空中悠悠搖晃，十分得意的樣子。

快沒時間了。

李知奕心口砰砰跳個不停，俯身要扶起他，毫無防備地，嗅到一陣陰冷腥臭的風。

——是校長的觸鬚！

觸鬚從身後襲來，他們無路可逃，無處可躲。

李知奕站在同學的身前沒有跑開，如他意料之中地，感受到滾燙血液從自己身體湧出。

好燙，好疼……

嗯？好像……不太對？

想像中鑽心刺骨的劇痛並沒有出現，李知奕茫然回頭，眨了眨眼。

就在即將觸碰到他們的前一秒，觸鬚被人從中間斬斷。

猩紅的血液四處噴濺，一些落在他的手上，帶來熾熱黏膩的觸感。

再看向身邊，是拿著小刀的季風臨。

校長沒想到他們竟然有刀，一時吃痛，發出尖聲怒喝，迅速收回其他觸鬚。

季風臨視若無睹，側頭看李知奕一眼：「走。」

刀是白霜行給的。

之前上物理課時，她在白夜系統兌換了這把小刀，用來割破物理怪物的喉嚨。

今天大家一起討論掀翻校規的方法，說著說著，白霜行預感等她打開辦公室大門，學生們很有可能會遇到危險，於是把唯一的武器交到季風臨手上。

江綿已經被沈嬋帶走，現在應該很安全。

季風臨很有自知之明，沒有留在原地獨自對抗校長的打算，等李知奕把周澤銳迅速扶起，便領著兩個同學繼續往前。

然而沒走幾步，三人同時停住。

身後是步步緊逼的校長，身前，則是鋪天蓋地的血絲轟然聚攏，彙聚成一堵密密麻麻的猩紅高牆，讓人難以通過。

李知奕被嚇得傻愣住，不過一個愣神，就見季風臨毫不猶豫抬起右手，動作乾淨俐落，用刀鋒斬斷滿片血絲。

腥血四濺，拿刀的人卻並不在意。

等血絲顫抖著散開，季風臨開口時，語氣甚至稱得上溫柔：「沒事吧？」

李知奕沒事。

他現在很懷疑，季風臨的心理狀況有沒有事。

這個一直循規蹈矩、面對任何人都溫和有禮的年級第一……原來還能做出這種事嗎？

一切發生在轉瞬之間，血絲惶惶褪去，空出安全道路。

季風臨正打算邁步，意料之外地，聽見一聲不知從何而來的輕笑。

那笑聲非男非女，滿含嘲弄與怨毒之意，聽不出明顯的聲線，像是從腦海深處幽幽響起，迴旋在耳邊，經久不散。

聲音響起的剎那，他感到似曾相識的眩暈——

是目光落在神像上時，不由自主生出的那種頭暈目眩。

不只秦夢蝶在嘗試著甦醒。

邪神的力量……同樣正悄然吞噬這片空間。

身邊另外兩人同樣失神片刻，來不及做出反應，李知奕與周澤銳露出驚懼的神色。

在他們眼前，走廊扭曲變形，從四面八方滲出血與肉。殘存的最後一縷光線消散無蹤，耳邊響起遠古吟唱般的低語，縹緲深遠，伴隨著模糊不清的梵唱與輕喃。

血絲扭動得愈發癲狂，彷彿正在進行一場虔誠的朝聖。天邊本來空無一物，不知不覺間，有巨大的、山一樣的黑影懸上半空。

季風臨咬牙，竭力維持意識清醒，回身斬斷幾條觸鬚。口中湧起腥甜血氣，他知道自己撐不了多久——意識正在渙散，後腦勺陣陣發疼，幾欲裂開。

明明什麼也沒發生，李知奕卻不停顫抖，眼中淌下兩行眼淚。即便是一向性格大喇喇的體育股長周澤銳，也一動不動站在原地，連眼珠都不敢挪——

寒意從腳下升起，快要把身體凍僵。

直覺告訴他，絕不能回頭，也萬萬不可抬頭。

泰山壓頂般的壓迫感足夠讓人窒息，周澤銳想哭卻哭不出來，想動又動彈不得，整個人暈暈乎乎，竟生出一個無比古怪的念頭——

神即將降臨，作為渺小如螻蟻的人類，他理應臣服。

如同對這個想法的回應，在他們身後，校長恣意的笑聲陡然響起。

下一秒，天邊的巨大黑影排山倒海，在瞬間傾瀉而下，直直向整座教學大樓湧來！

——完蛋了！

腦子裡一片空白，周澤銳屏住呼吸，緊緊攥住最後一絲殘存的理智，怔怔抬頭。

他驀地呆住。

想像中邪性怪異的景象並未出現，他望見一團火。

沒有源頭，沒有預兆，那團幽藍色的火焰起初如同天邊一抹淺淡的水墨，隨即越來越重、越來越濃——

再轉眼，好似鋪天蓋地的潑墨轟然四溢，烈焰洶洶，須臾之間占據大片天幕，向那道巨影逼去！

那股讓他動彈不得的威懾力減輕稍許。

周澤銳茫然地張了張嘴，猝不及防，聽身邊的李知奕一聲驚呼：「秦……秦老師！白霜行！」

周澤銳抬頭。

扭曲的走廊不知何時恢復正常，或是說，進入了另一種「不正常」的狀態。

從靠近辦公室的角落起，攀附在牆上的血絲被點燃，火光深藍，與天邊的亮色遙相呼應。

血絲顫抖著想要逃離，卻被一根根漆黑髮絲牢牢縛在原地。而一切的源頭，那間原本空蕩蕩的教師辦公室裡，靜靜立著兩道人影。

白霜行若有所思，抬頭注視天邊那道模糊的巨影，身邊縈繞著幾縷淡淡火光。

在她身後，厲鬼長髮如浪，與幽藍火焰一起，迅速席捲整條走廊——

那是無可匹敵的震懾力，伴隨騰騰殺意，與邪神抗衡。

「焚心之火」技能發動的一瞬間，白霜行動了下指尖。

不只秦夢蝶，她也短暫擁有了操控業火的能力，手指在半空中輕盈一轉，帶出流星般轉瞬即逝的火光。

如果是在白夜之外的現實世界，單以秦夢蝶一隻厲鬼的實力，斷然不可能與邪神抗衡。

但這裡是由秦夢蝶主導的白夜。

她擁有絕對性的優勢，而「邪神」不過是一縷殘留在神像裡的意識，論實力，遠遠不及祂的真身。

在這場白夜裡，已經犧牲了不少學生。

在更多同學死亡之前，必須儘快把神像和校長解決才行。

白霜行看了不遠處的季風臨一眼，目光掠過他手裡沾著血腥的小刀，揚唇笑了笑，指指自己的鼻尖。

少年一愣，好幾秒鐘才反應過來，抬手擦過鼻子，染了滿袖子的紅。

……流血了。

「你們先從樓梯離開吧。」白霜行指指身旁的火焰：「它不會傷害我，但你們就說不定了，一旦碰到，會有不小的麻煩。」

不僅因為這個原因。

他們如果繼續留在這裡，白霜行還得分心保護這三個高中生，無疑是個麻煩。

季風臨點點頭，攙扶起兩個同學，經過她身邊，下意識提醒：「小心。」

他說完低頭，迅速把小刀擦拭乾淨：「拿著它，或許可以防身。」

白霜行道謝接過。

『喂……喂！』知道她接下來的計畫，監察系統六六三氣急跺腳：『這場白夜都被妳弄成什麼鬼樣子！劇情全毀了、全毀了妳知道嗎！』

它到底是造了什麼孽，才惹來這樣一個麻煩精？

白霜行究竟還記不記得，這場白夜的主線任務是「在興華一中完成為期兩天的課程」啊！

本來老老實實上課就行，她倒好，幹翻老師捅殺校長，到現在，是不是打算把整個學校澈底掀翻！

它一頓，加重語氣：『只憑妳，怎麼可能贏得過校長和他身後的力量？如果不想死，我奉勸妳一句，儘早向對面投誠，說不定還有活路。』

白霜行：「哦。」

六六三氣出亂碼：『妳這……！』

「焚心之火」的持續時間只有十分鐘，白霜行沒有多廢話，視線穿過三個高中生，落在那尊蒙著紅布的神像上。

校長被季風臨斬斷幾條觸鬚，疼得面無血色，見她靠近，發出沙啞狂笑。

「妳能鬥得過神明嗎？笑話！神漸漸甦醒，即將降臨……到那時，就是妳的死期！」

說完，幾條尚且完好的觸鬚再度騰空而起。

只不過，沒有上前的意思。

他不傻，秦夢蝶的火焰氣勢洶洶，一旦和它撞上，觸鬚只會被燃成灰燼。

白霜行笑了下：「都舉起來了，卻不敢靠近嗎？」

她說著抬起眼，目光依次掠過校長潰爛的臉和生滿觸鬚的身體，由衷感慨：「挺難看的。」

男人露出無能狂怒的表情。

話雖這麼說，但白霜行明白，絕不能放鬆警惕。

在這場白夜裡，她真正的對手，從來不是校長。

越往前，天邊漆黑的巨影越是濃郁，耳邊響起意味不明的低語，像有千千萬萬個人同時發出呢喃。

她的動作很快，疾步向前，所過之處幽火如蓮。

有血絲嘗試一擁而上，盡數被火焰燃作飛灰，煙消雲散。

不過幾秒鐘的時間，走廊裡淪為血與火的煉獄。

與此同時，白霜行耳邊的聲音愈發嘈雜。

有人狂笑，有人哭泣，有人進行著殷切卻狂亂的禱告，聲聲入耳，彙聚成蛛網般的亂麻，將她死死罩住。

受到這些聲音的影響，眼前所見的事物，悄然發生變化。

牆壁融化，天幕傾頹，扭動的空氣彷彿擁有了實體，好似一條條蠕動的蛇。

遠古的巨影籠罩住從上至下的全部視野，暈開令人瘋狂的暗紅色澤，一切漫無目的地消散，又窸窸窣窣地聚攏。

有觸鬚襲來，被她身後的秦夢蝶逐一擋下。

令人聞風喪膽的厲鬼收斂了鋒芒，靜靜貼在她的脊背之上，雙手環住白霜行的脖頸。

這是一種全方位保護的姿勢，動作柔和，如同對待易碎的瓷器。

然而當秦夢蝶抬頭，看向不遠處的神像與男人，纖長雙目裡，盡是不死不休的殺機。

每分每秒，邪神的力量不斷加強。

耳邊的低沉呢喃已然成歇斯底里的嚎叫與高歌，白霜行腦子裡嗡嗡作響，喉嚨裡不可抑制地湧上一口鮮血。

抬起手才發現，不只是身邊的景物，連她自己也在不受控制地遭受異化。

掌心的皮膚所剩無幾，融化成了黏膩血肉，露出森森白骨，幾乎無法活動。

『警報，警報！』

系統的提示音滴滴作響。

『檢測到挑戰者遭受污染、理智極速下降……請儘快遠離污染源頭，以免陷入瘋狂！』

融化的牆壁聚攏成條條觸鬚，裹挾著細小虯結的血管，每一條都鋒利如刀，對準白霜行的身影，蓄勢待發。

秦夢蝶也受到神像的影響，動作停滯一秒。

校長躲在神像之後，親眼目睹走廊裡的所有景象，嘴角微抽，從嗓子裡擠出喑啞低笑。

不自量力。

面對「神」的力量，普通人根本不可能近身，哪怕是鬼，也不得不臣服於神明的威壓。

白霜行迷失在神明的幻象裡，秦夢蝶也被死死壓制，只要觸鬚一併發力——

忽然，他的笑意止住。

幻象已達巔峰，在那樣極致的迷亂裡，不可能有人能保持理智。

然而當觸鬚齊齊襲去，即將觸碰到白霜行時……

她居然動了。

幽藍業火自她掌心而生，在瞬息之間騰湧凌空，如同嗅到鮮血的巨蟒，把身邊的觸鬚與血塊一舉吞沒！

怎麼會這樣？

校長勝券在握的神色裡，出現慌亂的情緒。

她只不過是個手無縛雞之力的人類，如果沒有得到厲鬼相助，連靠近神像都做不到。

更何況，此時此刻，連秦夢蝶都是神志恍惚，她是怎麼保持清醒的？

目光下移，落在白霜行的手掌心。

校長心口一跳，眼中驚懼更濃。

她膚色冷白，唯獨右手蒙上一層灰黑，很顯然，那是被火焰灼燒過的顏色。

——為了保持理智，白霜行不惜讓鬼火在自己的身體之中燃燒。

難以忍受的劇痛刺激神經，雖然折磨，但也讓她找回幾分清醒。

……這個瘋子！

監察系統六六三同樣駭然：『妳瘋了！』

這片空間裡的事態發展，超出她的想像。

驚詫的表情在校長臉上一閃而過，可惜，他來不及開口。

當他再度眨眼的一剎，灼灼火光掠過身前。

白霜行……靠近了。

前所未有的危機感將他籠罩，出於本能地，校長後退幾步，連神像也顧不上。

『警報，警報！』

『檢測到挑戰者遭受污染、理智極速下降……』

系統的提示音與耳邊的嚎叫同時響起，白霜行咽下喉嚨裡的鮮血，握緊掌心。

班導師版本校規，第三條。

『記住你的樣貌。人類擁有眼睛、鼻子和嘴巴，所有人都一樣，不會有什麼人格外特別。』

這一點，她一直沒忘。

神像近在咫尺，眼前所見的一切劇烈晃動，血霧更濃，隱隱有種山雨欲來風滿樓的架勢，藏有無盡危機——

但白霜行知道，這是它在恐懼。

「好久不見。」

掌心火焰凝集，劇烈的疼痛足以撕裂神經，白霜行看著它，揚唇笑了笑。

「我能在百家街砸你第一次……」她的聲音很輕，帶著若有似無的血腥氣息：「也能砸碎你第二次、第三次。」

『住手！』監察系統六六三厲聲咆哮：『住手！妳不能毀掉它！』

它沒說原因，但白霜行明白這句話的意思。

秦夢蝶的執念，源於對校長的憎惡，也源於對神像、對孩童祭祀的痛恨。

一旦她毀掉神像、懲治校長，秦夢蝶的執念得以消散——

到那時，這場白夜會變成什麼模樣？

白霜行覺得，應該會像秦夢蝶班規裡寫的那樣，擁有初升的太陽、充滿光明的世界、和一個更為美好的未來吧。

如此一來，死亡與鬼怪不復存在，白夜本身也就沒了存在的意義，極有可能會和「惡鬼將映」一樣，遭到主系統銷毀。

又親手摧毀一場白夜……感覺依舊挺不錯。

身後的厲鬼漂浮於半空，輕輕將她擁入懷中。

白霜行握住秦夢蝶的右手，眼瞳幽黑，溢出一抹淺淡笑意。

「開始吧——」她說：「姐姐。」

這是六六三號白夜挑戰徹底崩潰的前夕。

監察系統發出無意義的尖叫，生有觸鬚的男人蜷縮在牆角，意識到自己即將面臨的命運，顫抖如篩糠。

天際濃雲暗湧，烈火氤氳出藍粉交織的霞光。

巨影傾頹，倏地一顫，再眨眼，已然破碎成千萬點流光碎屑。

一張張校規紙散作粉末，學生們心有所感，不約而同抬頭上看。

緊接著，所有人聽見一道巨響。

那是什麼東西驟然破碎的聲音，裂石穿雲，震耳欲聾。

一簇幽藍火焰撕裂混沌天幕，日復一日的黑暗頹然退散。

隱約間，透過晶亮雲層，能窺見一縷久違的、瑩白如玉的璀璨天光。

——「轟」！

第十章　第一條校規

幽藍色烈焰勢如破竹，在白霜行的操控下，一舉穿透神像。

紅布迅速燃燒，被灼出渾圓的大洞，透過這道裂隙，白霜行望見紅布之下的景象——

準確來說，雖然視線從紅布下掠過，但她沒能看清。

在布料消散的短短一瞬間，白霜行目光所及之處，是一片模糊的黃銅色。

說不清形態，也分辨不出模樣，眼中彷彿湧入劇烈的強光，讓她不得不挪開注意力，緊接著，便是腦海裡傳來一陣刺痛。

這是從潛意識裡生出的抗拒。

邪神真正的力量，她還無法承受。

白霜行反應很快，迅速穩下心神，無視一聲聲在耳邊響起的嘈雜嚎叫，轉過頭不再去瞧。

業火從神像中心爆開，巨大的聲響傳遍整棟教學大樓。

當邪神雕像澈底化作碎屑，天邊雲層翻湧，露出一抹屬於陽光的亮色。

『警報，警報！』

主系統的提示音滴滴作響，語氣比任何時候都急促，隱約能聽出一絲慌張。

『檢測到本場挑戰出現嚴重劇情偏移……請立刻修復劇情、回歸正軌，否則白夜將會崩塌！』

『警報，警報！』

穿著白裙子的監察系統六六三呆在原地一動也不動，似乎已經接受了白夜即將崩潰的事實，但從萬分悲戚的表情來看，又全是不甘心。

一旦白夜消散，它大概也會被強制關閉。

白霜行沒有理會腦海中的聲音，在漫天火光裡，緩緩上前一步。

腳底踩在一塊碎裂的神像上，她並未在意，輕輕將它踹開。

神像已經淪為廢品，接下來……

還剩下一件事情沒有解決。

目光前移，經過一塊塊看不清原樣的暗黃色碎片，以及被火焰燒成焦黑的走廊，白霜行默不作聲，看向不遠處的角落。

在那裡，蜷縮著一個面無血色的男人。

神像已毀，邪神的力量自然也從這場白夜裡消失無蹤。

一條條觸鬚化作齏粉，彷彿從未存在過。

此時此刻的校長再沒有不久前的威風得意，只不過是個普普通通的中年人，因為恐懼，正在瑟瑟發抖。

瞥見白霜行的動作，校長渾身哆嗦一下。

他的觸鬚曾被季風臨斬斷過幾條，疼痛感相當於斷了一隻手，在那樣的劇痛下，根本沒辦法逃跑。

現在邪神賦予的觸鬚消失，疼痛的感覺隨之不見。

他先是一愣，很快從心底迸發出強烈求生欲，狼狽地撐起身子，轉身就跑。

可惜還沒跑出兩步，前方的走廊猛然騰起一簇火焰。

火光沖天，橫亙在走廊中央，編織出一道密不透風的高牆，讓他不可能安然無恙地穿過。

——就像血絲曾對學生們做過的那樣，只需要一個動作，就令他無處可躲。

退路被死死封住，校長身體的抖動愈發劇烈。

身後……是秦夢蝶的鬼魂。

她一定是來向他索命的！他應該怎麼做？他想活命，他不想死——

心中有無數個念頭一閃而過。

求助？他已經失去了最強而有力的依靠，如今孤身一人，成了甕中之鼈。

反抗？他手無寸鐵，總不能用拳頭和火焰硬碰硬，更何況，哪怕是處在邪神庇護下的時候，他也贏不了秦夢蝶。

兩腿發軟，險些沒辦法支撐他繼續站立。

在他身後，裹挾著殺氣的壓迫感越來越濃。

他會死的！

「我——」

中年男人嗓音嘶啞，轉身面向白霜行與秦夢蝶，緊隨其後，便是噗通一聲悶響。

「是我的錯……我鬼迷心竅信了那尊神，還、還對秦老師做了那種事……」死亡的威脅如影隨形，校長跪在地上泣不成聲，眼淚大顆大顆往下掉：「別殺我，我已經悔改了！我當時只是太害怕，一旦她把事情宣揚出去，我、我就完了！」

與不久前狐假虎威的模樣相比，這副嘴臉實在好笑。

白霜行沉默看著他，忽地笑了笑：「是嗎？」

她又靠近一些，微微俯身，語氣很輕：「供奉神像的人，不只你一個吧？還有哪些同夥，能告訴我嗎？」

那晚出現在校長室裡和他對話的陌生男子，還有讓秦夢蝶喝下安眠藥物的物理老師，他們都和這件事脫不了干係。

與神像有所牽連的，絕不只校長一人。

「我知道！我全都告訴妳們！」校長如遇大赦，脫口而出：「我們學校的物理老師章誠、鎮裡的建材老闆宋友全、謝穆陽……章誠就是害死秦老師的凶手！」

他深吸一口氣，全盤托出：「辦法是他想出來的。只要先給秦老師服下安眠藥，讓她在辦公室裡睡著，再趁機關掉電閘，在她辦公桌上放好蠟燭……一旦起火，所有人都會以為，是她自己點著蠟燭加班，結果不小心睡著，才引發那起火災。」

雖然早就猜到了，但親耳聽他說出來，白霜行還是覺得一陣噁心。

加上校長，一共四個。

她把這些名字牢牢記在心裡，冷聲嗤笑：「不愧是校長，賣起隊友來，連眼睛都不眨一下。」

她毫不掩飾話裡的諷刺，校長不敢反駁，只能極盡討好地彎起嘴角，點頭笑笑。

「還有一個問題。」白霜行：「你們所謂的『神』，到底是什麼東西？」

這是她一直心心念念的事情。

在百家街四四四號第一次見到神像時，白霜行還以為那只是個名不見經傳的鄉野小神，砸碎就砸碎了，自始至終沒放在心上。

但現在看來，那尊邪神的影響力，很可能大大超出她的想像。

「我……我也不清楚。」校長抖了一下：「是章誠告訴我們的。他也不清楚神的來歷，只說在他家鄉，有人靠著神像賺了大錢，非常管用……我們就打算試試，看看能不能成功。」

白霜行皺眉：「你們連神像的來歷都不清楚，就敢為它害人？」

不知想到什麼，男人的臉上露出恐懼之色：「見到神像的第一眼……妳也感受到了吧？那、那絕對不是普通的雕塑啊！為了它……」

他說著說著，如同又一次受到邪神蠱惑，眼中竟浮現幾分癡狂的憧憬，想起自己的處境，校長猛地回神：「是、是我們鬼迷心竅。」

凡是見到神像的人，都會不由自主受到它的影響。

這群利慾薰心的人感受到它的力量，所以對祭祀一事深信不疑。

那位邪神……究竟從何而來，又為了什麼而存在呢？

白霜行想不出答案，不再開口。

「我把知道的都說了。」校長打量她的表情，試探地出聲：「妳能不能……」

他說得小心翼翼，話到一半，望見白霜行笑了笑。

剛放下心來，卻聽她道：「姐姐，他就交給妳了。」

……姐姐？

校長一呆，意識到什麼，看向她身後怨氣纏身的厲鬼。

秦夢蝶偏了偏頭，身後長髮如霧肆意飄散，雙眼無神，正直勾勾盯著他瞧。

「我不是告訴妳他們的名字了嗎！」恐懼感頃刻遍布全身，他厲聲開口：「妳……妳不能把我丟給她！」

「嗯？」白霜行露出坦然無辜的神色：「我有對你做過任何保證嗎？名字我都好好記下了，謝謝啊。」

……這個混蛋！

身後的火牆攔住去路，而在他身前，是被他害死的女人。

冷意從骨子裡滲出來，校長驚惶得無法動彈，癱坐在地，淚如泉湧。

起先，一縷黑髮盤旋而上，悄悄地、慢慢地纏上他的脖頸。

冰涼的觸感像是黏膩的蛇，激起他渾身雞皮疙瘩。出於求生本能，男人一遍遍地懺悔道歉，卻沒得到任何回音。

脖子上的黑髮無聲收攏，讓他感到輕微窒息。

緊接著，從他的褲管、衣袖和胸口，一道道火焰冒出。

——燙。

——好燙！

火苗有條不紊地蔓延，熾熱的灼燒感將他吞沒。

劇痛深入骨髓裡頭，摧心剖肝、痛不欲生。

校長嘶聲哭嚎，抬手用力撲火，奈何毫無效果，反而讓火勢漸凶。

沒過多久，他的身體被幽藍火焰包裹。

業火，由地獄眾生的惡意所招引，能將一切罪人罪孽焚燒殆盡。

「焚心之火」的持續時間，還剩下三分鐘。

在時間結束之前，白霜行知道，眼前的男人將處於焚身的劇痛之中，求生不得求死不能。

而當時間歸零，他的魂魄也會隨之消散。

火光滔天，慘叫連連。

業火帶來的痛苦遠遠強於尋常火焰，當初秦夢蝶受到的疼痛，被十倍百倍地還給了他。

靜靜看著已經被燒得不成人形，卻仍在扭動掙扎的校長，白霜行忍不住想：當初的百里等人受到江綿「白夜幻戲」的影響，意識土崩瓦解、渾然崩潰，在現實世界裡選擇自殺謝罪。

那麼——不知道現實中的他，會變成什麼模樣呢？

不知過去多久，將三樓團團圍住的藍色火焰，終於全部消退。

學生們為了躲避校長的攻擊，紛紛逃去樓上或樓下避險。

當季風臨帶著兩個同學離開三樓時，其他學生才從他口中得知，白霜行順利找到秦老師。

他們下意識想去見見秦夢蝶，然而剛到樓梯，就發現三樓的入口被火焰攔住，任何人都無法靠近。

經過一段時間的焦急等待，當一切歸於平靜，學生們總算回到三樓。

沈嬋擔心得要命，帶著江綿衝在最前頭，見到白霜行，一大一小同時抱住她。

「那火是怎麼回事啊！」沈嬋的媽媽屬性再度氾濫，不停嘮叨：「我們本來打算下樓幫妳，結果被攔在樓梯間……一個人太危險了！有沒有受傷？哪裡有不舒服的地方？難受一定要告訴我！」

白霜行縱容地笑笑，無可奈何舉起雙手，做投降狀。

「……咦。」陳妙佳環顧四周，始終沒找到熟悉的身影：「秦老師呢？」

其他學生也在走廊裡四下搜尋，害怕聽見什麼不好的消息，神色困惑又緊張。

白霜行眨眨眼，目光流連，最終落在緊閉著的辦公室門前：「那邊。」

陳妙佳性子急，匆匆回頭。

恰在此刻，那扇緊緊關閉的辦公室大門倏然一動，發出吱呀輕響。

有人推開了門。

陳妙佳聽見自己心跳加速的聲音。

這一次，沒有古怪的焦臭氣息，沒有焦黑破敗的畫面，也沒有詭譎滾燙的幽藍色火光。

就像他們在無數個日常中見到的那樣，門緩緩打開，一縷縷微光透進縫隙，映照出女人瘦削的身影。

秦夢蝶完好無損地站在那裡，長髮披肩，穿著潔白連身裙，見到他們，揚唇露出溫柔和煦的笑。

——那件白裙子，是今年教師節時，學生們湊錢買來的節日禮物。

興華一中地處偏遠，學生大多家境不富裕。

他們買來的白裙樣式簡單，秦夢蝶收到它時，卻笑得很開心。

「怎麼了？都圍在走廊裡。」

彷彿這只是再普通不過的一個早上。

秦夢蝶笑了笑，伸出右手，變戲法般亮出一張海報：「完成啦，你們不想看看嗎？」

那是她在生前最後一晚精心寫下，最終沒來得及交給他們的班規。

胸腔裡重重一跳，陳妙佳距離她最近，伸手接過海報。

入目是一條條似曾相識的規則，只不過褪去「鬼魂」與「血肉」的修飾，變成日常生活中常見的人與事。

目光從下往上，一點點，來到第一條班規。

看清字跡的刹那，淚水奪眶而出。

「秦老師！」李知奕不停掉眼淚，上前抱住她，哭出荷包蛋一樣的淚眼：「我還以為再也——」

向來一板一眼的風紀股長居然抱著她哭哭啼啼，秦夢蝶無措眨眨眼，溫聲笑笑，拍拍他的後背：「怎麼了？我不是在這嗎。」

沈嬋站在走廊盡頭，遠遠看著辦公室門前的景象，不禁有些唏噓。

「總算是不錯的結局……我們也要離開了吧？」她嘆了口氣，看向身邊的白霜行：「我之前聽到系統提示音，還有多長時間？不到五分鐘？」

白霜行點頭。

當校長被火焰燒成灰燼，白夜瀕臨崩潰，監察系統六六三號發出怒吼。

『妳這壞蛋！我就不該放妳進來——誰放誰倒楣！惡棍，壞蛋！』

最後一個字落下，腦海中的白色小人遭到主系統移除，瞬間抹去。

與此同時，主系統響起和「惡鬼將映」中如出一轍的嗡鳴——

『警報！自我修復失敗，本場白夜挑戰將自行銷毀……警報！』

『本場白夜自行銷毀倒數計時——』

『十分鐘！』

留給她們的時間很短，不知不覺間，已經快要到了。

回想起在白夜裡經歷過的種種，她不知怎麼有些悵然，眺望辦公室門前的秦夢蝶，心中思緒萬千。

秦夢蝶的意識受到邪神侵染，比江綿更為混沌，大多數時候很難保持清醒。

好在這裡是由她主導的白夜，她拼盡全力，能勉強維持幾分鐘正常的形態與理智，與學生們再會。

這也是白霜行用火焰封鎖三樓入口的原因。

透過「共情」，她感受到秦夢蝶的小小願望。

她不想讓學生們見到自己森冷恐怖的厲鬼模樣——

如果可以的話，她希望在孩子們的印象裡，「秦夢蝶」一直是那個溫和笑著的班導師。

於是等季風臨帶著兩個學生離開後，白霜行召喚火焰，堵住樓梯口，不讓其他人進來。

「讓我看看，額頭上被擦破一塊皮，左邊袖子破掉了，然後是手……」沈嬋放心不下，逐一檢查她的身體狀況，看到右手手心上的大片焦黑，倒吸一口冷氣：「妳的右手怎麼了！」

「沒關係。」白霜行沒太在意：「反正離開這裡之後——」

白夜雖然凶險，但只要完成挑戰、從白夜裡成功脫離，受到的傷口都會復原。

不過……就目前而言，確實有點疼。

她的話沒說完，身邊罩上另一道漆黑的影子。

「是燒傷。」季風臨雙眼低垂，微微蹙眉：「妳用火抵抗神像的幻覺？」

他一直很聰明。

白霜行不置可否地笑笑，見他抿唇伸出手，手心裡，拿著止痛軟膏。

其實她並不需要擦藥。

不過季風臨的表情安靜又認真，白霜行不想拂了他的好意，低聲道了句謝謝，用左手接過藥膏。

「我來我來。」

沈嬋一把拿過，小心翼翼握住她的手腕，不敢使力。

看起來很疼。

沈嬋看得心裡難受，忍不住又想，等這次白夜結束，她會擁有屬於自己的技能。

這樣一來，哪怕今後再遇上什麼危險，她也能帶著十足的底氣，站在朋友身邊保護她。

而不是像今天這樣，被白霜行護在身後。

江綿也注意到她手上的燒傷，板著小臉踮起腳尖，一口又一口往白霜行右手上吹氣。

鬼魂的氣息冰涼柔軟，拂過傷口，帶來一絲舒適。

白霜行心下多出幾分暖意，摸摸女孩毛茸茸的腦袋。

江綿如同乖巧的小動物，蹭蹭她的掌心：「姐姐，是不是很疼？」

白霜行做出認真思考的模樣：「被綿綿這樣一吹，就好多啦。」

季風臨在一旁默默地聽，似有所感，轉頭看她：「妳們要走了？」

他頓了頓，聲音漸漸低下去，語氣卻很認真：「……還能再見面嗎？」

白霜行眨眨眼，對上他的視線。

近在咫尺的少年穿著藍白相間的秋季制服，黑髮柔軟，沁著薄汗，服服帖帖搭在額頭。

細長的柳葉眼漆黑明亮，與她對視，略帶緊張和茫然。

在他更小的時候，經歷過一次不告而別。

想到什麼，白霜行在心裡算算時間，揚起嘴角：「兩年後吧。」

沒想到會聽見如此明確的時間點，季風臨一怔。

「兩年後，我和沈嬋會去找妳——帶著綿綿。」白霜行看著他的眼睛，彎了彎眉梢：「希望在那時候，能見到一個越來越好的季風臨弟弟。」

面前的高中生短暫怔忪，垂下眼，看一看她比他矮出一截的頭頂。

季風臨略微側開視線，聲音低不可聞，像在對她說，又像自言自語：「……明明已經看不出來是弟弟。」

男孩子總有很多奇怪的勝負欲。

白霜行忍不住，噗嗤笑出聲。

他被笑得有些侷促，看向身旁的江綿。

和數年前的記憶相比，女孩幾乎沒有變化，除了雙目純黑、膚色慘白，無聲昭示她厲鬼的身分。

季風臨俯身，右掌骨節分明，輕輕撫摸女孩柔軟的髮頂：「綿綿，再見。」

江綿心中不捨，抬手握住他的掌心：「哥哥再見。」

「嗯……不過，如果一直都要追求最好，會覺得很累吧。」白霜行想了想，聲音在很近很近的地方響起：「其實你現在已經足夠優秀了，兩年後……還是希望見到一個更開心更輕鬆的季風臨。」

她說：「再見啦。」

一瞬微風起，天邊的亮光更加明朗了幾分。

當少年再眨眼，在他身邊，人影已悄然消去。

回想起來，這是他與白霜行的第二次相遇，也是第二次分別。

和多年前那個坐在電影院裡悵然若失的男孩不同，這一次，季風臨神色平靜，嘴角揚起一抹淺淺的弧度。

兩年後——

他莫名覺得心情不錯，這樣想著，望向遙遠的天邊。

空氣裡飄蕩著水一樣輕柔的風，天穹中暗色褪盡，浮起一朵朵棉花般的雲。

一輪粲然奪目的太陽穿透雲層，灑下萬丈光輝，邪祟不再，光明重臨於世。

感受到久違的暖意，興華一中倖存的學生們，不約而同抬起頭。

秦夢蝶站在他們中間，身穿那件款式簡單的潔白長裙，臉頰被日光籠罩，勾勒出清秀柔美的輪廓。

她的身形漸漸消散，然而注視著那輪冉冉升起的驕陽，眼角眉梢卻帶著淺笑。

這是一群可愛的孩子。

由她寫下的規則，希望不要被他們忘記。

一片寂靜裡，遙望灼灼朝陽，不知是誰低喃一句。

——「天亮了。」

第十一章　秦老師

依然是意識模糊的感覺。

白霜行聽見雌雄莫辨的系統音。

『恭喜通關本次白夜挑戰！』

『由於監察系統暫時離開，接下來，將由白夜主系統為你進行積分結算……』

很好。

又是熟悉的「監察系統暫時離開」。

『姓名：白霜行。』

『主線任務完成度：百分之百。』

『獲得十積分。』

『支線任務完成度：百分之百。』

『獲得四積分。』

『隱藏任務完成度：百分之五百（？）。』

『獲得五積分。』

『本場白夜共四條主線分支（四門課程），挑戰者四次被評為貢獻度最高，額外獎勵八積分。』

『獲得積分總額：二十七。』

『感謝與你共度的美妙旅程，期待下一次相見！』

看清積分總額，白霜行挑了挑眉。

不愧是中級難度的白夜挑戰，比起初級的「惡鬼將映」，獎勵多出超過一倍。

結算完畢，周身黑暗淡去，陽光湧入眼簾。

白霜行深吸一口新鮮空氣，動一動僵直的手臂。

她回到興華一中的警衛室門口。

進入白夜之前，她和沈嬋見到校門緊閉，於是打算問問警衛大叔，能不能把大門打開。

結果剛開口，就被捲入白夜挑戰。

好不容易回到現實世界，當白霜行回過神，一抬頭，望見大叔萬分驚駭的臉。

想想也是，好好的大活人在眼前突然消失，又冷不防出現在原地，無論是誰，都會被結結實實嚇一跳。

白霜行暗暗算出時間，她們在白夜裡度過一天半，對應現實世界，大概過去一個多小時。

終於回到正常世界，身旁的沈嬋如獲新生：「老天，終於回來了！白夜裡真不是人過的日子！」

她說著低頭，看向白霜行手上的傷口。

果然癒合了。

沈嬋鬆了一口氣。

江綿也跟著她們出來，由於體力消耗太大，一個踉蹌晃了晃身子，被白霜行穩穩扶住。

「妳們——」警衛大叔把她們上上下下打量一遍，看向江綿時，語氣尤其忐忑：「妳們沒事吧？被捲進白夜了嗎？要不要我幫妳們叫救護車？天吶，還有個這麼小的孩子，皮膚白成這樣……」

白霜行笑：「這場白夜挑戰不算太難。我們沒事，謝謝。」

沈嬋默默瞧她。

回想起國文課上的極寒極熱、數學課裡的人鬼捉迷藏、物理課種種反人類的設計，還有最後壓軸的邪神像，每一個環節，都足以讓她渾身起雞皮疙瘩。

……不過在白霜行看來，或許確實不難。

畢竟她都把整場白夜徹底玩癱瘓了。

「那就好。」大叔拍了拍胸口：「妳們消失的時候，我快被嚇死了……一直在這等妳們回來，還好沒事。」

他居然一直守在這裡。

接收到陌生人的善意，沈嬋心中一暖：「謝謝。」

「這有什麼好謝的。」大叔擺手：「對了，妳們不是這裡的學生吧？來興華一中有事嗎？」

他說著咳了聲，把嗓音壓低：「還有件事……我聽說，只有怨念深重的鬼魂才能引發白夜，妳們見到誰了，能跟我說說嗎？畢竟我整天坐在這……想想還是滿害怕的。」

八卦果然是全體人類的天性。

正好，趁此機會，也能問問這場白夜的後續。

白霜行與沈嬋對視一眼，直奔主題：「您知道兩年前的校長嗎？」

「噢！」大叔一拍腦門：「還真的是他啊！」

沈嬋：「欸？他出什麼事了嗎？」

「就是那個殺害一位女老師的李程暉，對不對？」保全大叔露出嫌棄的表情：「活著的時候做盡壞事，死了居然也要害人，晦氣。」

校長對秦夢蝶所做的事情……暴露了？

白霜行眉心跳了跳，順水推舟：「您能詳細說說這件事嗎？他害了人，是怎麼被發現的？」

「聽說李程暉不知從哪裡學來的迷信。」大叔道：「妳說，好端端一個校長，怎麼也是高知識份子，為什麼非要想不開……不好意思跑題了啊。總之呢，就是他覺得活人祭祀能讓他升官發財，於是買了個小孩——好巧不巧，被一個叫秦夢蝶的女老師發現了。」

這是她們已知的資訊。

白霜行默默聽，沒有打斷。

「秦老師打電話報了警，沒想到當天夜裡，被他放火……唉。」大叔搖了搖頭：「當時學校電路跳閘，監視器停了，警方雖然懷疑是李程暉幹的，但搜不出證據。」

他說著雙目圓瞪，語氣陡然拔高：「結果，妳們猜怎麼了！」

這大叔講得聲情並茂，很有說書的潛力。

沈嬋好奇得厲害，連忙催促：「怎麼了？」

「就在那天晚上，李程暉瘋了。」大叔沉下嗓音：「據他老婆說，李程暉回家後，突然像是被火燒著一樣，渾身抽搐倒在地上打滾，慘叫了整整三分鐘！」

三分鐘。

白霜行心下一動。

這是「焚心之火」在他身上持續的時間。

秦夢蝶的技能十分強勢，業火不僅能侵蝕身體，也能灼燒靈魂。

屬於校長的部分魂魄，在受到極致的痛苦後……應該從他身體中澈底消失了吧。

失去部分靈魂的人，會變成什麼樣呢。

「慘叫完，他就瘋了。」保全大叔嘖嘖嘆氣：「像突然變成了傻子，成天嘀嘀咕咕說什麼，他錯了，神不要懲罰他，秦夢蝶別來找他復仇，火是他的同夥放的……員警能不抓他？仔細一問，嘿，李程暉把幾個同夥的名字全說了。」

白霜行想起校長告訴她的幾個人名：「章誠、宋友全、謝穆陽？」

大叔愕然。

他很快反應過來：「妳是從白夜裡知道的吧？對，就是他們。平時看起來老老實實的，沒想到全是狼心狗肺的王八蛋，現在還在監獄裡蹲著呢，其中一個被判了死刑。」

心裡懸著的石頭緩緩落下，白霜行握了握右手，掌心滿是冷汗。

萬幸，真相沒有遲到太久。

沈嬋也如釋重負：「說起李程暉，他現在怎麼樣了？」

「死了唄。」提起他，大叔的臉色不太好看：「他的瘋病越來越重，滿大街地喊『神來了』、『神要懲罰他』，我看，就是迷信入腦，最後跳進泥塘自殺了。」

……神。

白霜行目光微黯。

校長既受到秦夢蝶的業火焚燒，又在危急關頭放棄神像獨自逃跑，遭到「神明」的報復。

兩頭不討好，被生生折磨致死，屬於意料之中。

這位所謂的神，還挺小心眼嘛。

「對了。」短暫的沉默後，保全大叔神祕兮兮開口：「我跟妳們說，兩年前那件事，奇怪的地方，還不只這些。」

沈嬋又又又被吊起胃口：「還有？」

但與白夜有關的，似乎只有秦夢蝶和校長——

沈嬋心中靈光乍現：「難道是學生！」

保全大叔點頭。

「秦老師帶的哪個班，我記不太清了，不過當時他們班上，好多學生同時——」

說到這裡，他突然頓住，原本停留在沈嬋和白霜行身上的目光微微一動，向兩人身後望去。

怎麼了？

白霜行心裡納悶，正要轉身，聽大叔揚聲笑道：「喲，這個故事裡的主角來了。」

主角。

難道是——

白霜行和沈嬋同時回頭，江綿也迅速轉過腦袋。

在她們身後，保全大叔視線停留的地方，正站著一個年輕的女生。

單馬尾，身材高挑筆直，穿著淡藍色牛仔外套。

見到她們，女生驀地愣住。

似是驚訝，又像恍惚，她停頓一下，逐一看清警衛室門前三張似曾相識的面孔：「妳們……白霜行、沈嬋、江綿？」

意料之外的相遇。

沈嬋：「陳妙佳！」

興華一中旁，咖啡店。

向保全大叔道謝後，三個女生帶著小朋友江綿，在學校附近隨便找了個地方坐下。

江綿興致很足，即便累得筋疲力盡，雙眼仍閃著光，一副期待滿滿的樣子。

——因為眼前的單馬尾姐姐，是哥哥的高中同學。

只要問問她，說不定能得到有關哥哥的消息。

白霜行看出小朋友的心思，與陳妙佳寒暄幾句後，開門見山：「妳還記得我們？」

「嗯。」直到現在，看著她們的臉，陳妙佳仍感到很驚訝：「我還以為那是做夢……」

沈嬋想起保全大叔說過的話，恍然大悟：「所以你們班裡的學生，全都做了關於那場白夜的夢？」

陳妙佳：「白夜？」

「那兩天的經歷，都是白夜裡真實發生過的事情——我們正巧被捲進去，所以出現在你們的記憶裡。」白霜行言簡意賅地解釋：「對於你們來說，那是兩年前的遭遇；但在我、沈嬋和綿綿看來，就在剛剛，我們才從那場白夜離開。」

陳妙佳一時茫然：「白夜裡的一切，怎麼會進入現實……」

說著，她搖了搖頭。

「不管怎樣，那些事情的的確確發生過，對吧？」陳妙佳垂下眼，不知想到什麼，神色黯然：「我就知道……那一定是真的。」

白霜行沒說話，留給她單獨思考、接受現實的時間。

「沈嬋說得沒錯，在我們班裡，很多同學做了夢。」過了一下，陳妙佳說：「在白夜裡死去的同學，全都發了一場高燒，隱隱約約夢見自己遇到危險，很可怕；至於我們幾個最後活下來的，夢境比他們清晰很多。」

沈嬋若有所思：「妳記得一切？」

「……差不多。」陳妙佳頷首：「我、李知奕和季風臨，是記得最清楚的三個人。」與「惡鬼將映」時的狀況一模一樣。

提前死去的學生們和白夜牽扯不深，只被影響了很小一部分的意識；活下來的高中生們知曉了前因後果，意識與白夜緊密相連，所以對發生的事情印象深刻。

聽見最後一個名字，白霜行看了身邊的江綿一眼。

「實不相瞞，其實我們之所以來興華一中，是為了尋找季風臨。」白霜行指指江綿：「這孩子是季風臨的妹妹，一直很想見他。你們當初同班，請問，知道他的聯絡方式嗎？」

陳妙佳抿抿唇，望向江綿。

和記憶裡一樣，女孩膚色慘白、不似活人，直到現在，陳妙佳都清清楚楚記得，在數學課上，白霜行把她召喚出來的景象。

她沒記錯，這是一隻厲鬼。

不過……自從經歷那次白夜以後，對於江綿的存在，她已經慢慢接受，不覺得害怕了。

「我和他不是很熟，沒存手機號碼。」陳妙佳仔細想了想：「不過在班級群組裡，應該能找到他。要不然我傳訊息給他？」

江綿點頭，情不自禁揚起嘴角：「謝謝姐姐。」

陳妙佳很快找到季風臨的聯絡方式，傳一則訊息：『記得江綿、白霜行和沈嬋嗎？我遇到她們了。江綿想見你。』

暫時沒得到回應。

「對了。」等待回覆的間隙，白霜行開口：「妳怎麼會來興華一中？」

「今天是秦老師的忌日。」陳妙佳回答：「高中同學裡，有不少人的大學在附近，所以我們商量好了，今天早上一起送花給她。」

她忽地一頓：「當時季風臨也在。不過我們沒聚太久，他現在大概回學校了吧。」

難怪保全大叔會認識她。

白霜行抓住重點：「附近？他在哪所學校？」

陳妙佳笑笑：「季風臨一直是我們的年級第一，去了A大，聽說是軟體工程系。」

沈嬋「哇哦」一聲：「霜霜，那他豈不是妳的學弟！厲害啊！」

哥哥是姐姐的弟弟。

江綿小朋友眨眨眼睛，認真記下這層關係。

白霜行點點頭，目光一轉。

——在她腦海中的「神鬼之家」技能欄裡，屬於厲鬼的力量，正漸漸甦醒。

離開白夜後，邪神的影響尚未消退，秦夢蝶的意識仍然不太清晰。

不過此時此刻，她的人物欄上，狀態赫然變成了「較為清醒」。

應該……是能夠交流的吧？

白霜行嘗試點了點「召喚」。

出乎意料地，對方拒絕了邀請。

咦？

哪怕是在九死一生的白夜裡，秦夢蝶都不忘保護這群學生，現在回到現實世界，她怎麼可能不願意與陳妙佳見面？

困惑一瞬，白霜行頓時明白原因。

當初置身於白夜，在鬼怪橫行的環境裡，秦夢蝶都不想讓學生們見到她化作厲鬼的模樣，如今一切回歸正軌，就更不可能以鬼魂的姿態現身。

那樣猙獰恐怖的相貌，或許會嚇到陳妙佳和周圍的客人們。

「抱歉。」思忖幾秒，白霜行含笑起身：「我去一下洗手間。」

她動作很快，走進其中一個隔間，把門鎖好。

然後又一次按下「召喚」。

這一次，秦夢蝶沒有拒絕。

一襲白裙漂浮於半空，映襯出女人夜色般的黑髮。

秦夢蝶沒有說話，雙目渾濁、滿含血絲，雖然被火燒過的傷疤盡數褪去，但皮膚依舊白得像紙。

白霜行語氣溫柔：「妳不想面對面見她？」

厲鬼沉默一秒，開口時，因為神志模糊，嗓音含糊不清：「會……嚇到。不好。」

果然。

但她既然願意被召喚過來，就說明在心裡，秦夢蝶還是渴望著能與學生們重逢。

白霜行嘆了口氣，低頭拿出手機，指尖飛快滑動幾下，緊接著，撥通沈嬋的電話號碼。

不到兩秒鐘，電話被接通：『怎麼了？』

白霜行：「把手機給陳妙佳吧。秦老師在我身邊。」

沈嬋：『哦？』

沈嬋：『哦哦哦！立刻！馬上！』

白霜行笑：「謝謝啦。」

身邊的沈嬋神色驟變，陳妙佳下意識發問：「沒出什麼事吧？」

「沒。」沈嬋把手機遞給她：「這通電話，是打給妳的。」

……給她？

陳妙佳略微怔住，伸手接下。

手機靠近耳邊，對面沒人說話。

她不知為何感到難以言喻的期待與緊張，心臟緊緊揪起，懸在胸腔。

自從與白霜行見面之後，她一直有個問題，迫不及待地想要問出口。

江綿是厲鬼，既然她能出現在現實生活裡……那秦老師呢？

心口怦怦跳。

陳妙佳低下頭：「喂？」

電話另一頭沉默須臾。

每分每秒都被無限延長。

緊接著，有道聲音低低響起：『妙……佳？』

像在做夢。

時間在這一刻凝固，陳妙佳聽見腦海中嗡嗡的聲響，還有屬於自己的聲音：「秦老師。」

她的嗓音裡帶著哭腔。

兩年過去，大家都有了或多或少的變化。

而女人的聲音和記憶中一樣親切，很溫柔地笑了笑：『妳……長大了。』

眼淚止不住地落下來。

陳妙佳呆呆坐在椅子上，聽她繼續說：『你們，高中畢業了吧？過得怎麼樣？』

「大家都很好。」狼狽地抹去臉上的淚水，陳妙佳深吸一口氣：「季風臨考上了A大，李知奕在B大，我看他的社群動態，居然加入滑板社——以前明明是個書呆子。」

她說著笑了起來：「還有蘇瑾……」

她用了很長很長的時間，把知道的每個同學的近況說了一遍。

電話那頭的女人耐心地聽著，良久，輕聲問她：『那妳呢？』

陳妙佳把手機握得更緊。

「我也不錯哦。」她說：「我的升學考成績是全班第九名，科系選了最喜歡的機械——爸媽還是不怎麼喜歡我，不過我現在住在宿舍裡，畢業打算直接租房子，過得很開心。」

說到這裡，她停頓稍許，低頭的瞬間，眼淚又一次落下。

「秦老師，還記得我們送的那件白裙子嗎？妳說妳很喜歡。」她說：「我在大學一直存錢，又買了一件藍裙子給妳，比上一件好看許多……真的。」

當時行走在商場裡，見到那件長裙時，大學室友們討論著它的價格與款式，只有陳妙佳不由自主地想：秦老師穿上它，一定非常漂亮。

如果真有那麼一天，她一定會和兩年前一樣，對他們溫柔又靦腆地笑吧。

如果真有那麼一天。

電話那頭靜了一下，秦夢蝶說：『謝謝妳。』

她像是笑了一下：『妙佳，妳很好，要開心。』

陳妙佳也揚起嘴角。

兩年過去，白夜裡的一幕幕場景歷歷在目。

她始終無法忘記，見到紙上第一條規則時，自己心中的觸動與震撼。

『無論何時何地，你們是美好的。』

在那之前，從來沒有人用「美好」二字形容她。

是秦夢蝶讓她知道，原來她並非一無是處的爛泥。

四下忽然很靜。

陳妙佳側目望向天邊，到今天，終於能親口說出那句被藏在心底幾百個日夜的話。

——在她眼裡，總在微笑著的秦老師是美好的。

偶爾有小孩子脾氣的秦老師是美好的。

穿上那件樸素白裙、眼底溢出笑意、不停說「喜歡」的秦老師，也是美好的。

窗外陽光和煦，從樹梢傳來幾聲清脆悅耳的鳥鳴。

「秦老師。」陳妙佳輕聲告訴她：「妳是最美好的。」

第十二章　再會

結束通話後，秦夢蝶回到「神鬼之家」的系統中，陳妙佳、白霜行與沈嬋互換了聯絡方式。

「如果可以的話，以後等妳有時間，能讓我再和秦老師說說話嗎？」陳妙佳雙眼紅腫，臉上卻帶著笑：「不只我，班裡其他同學也都很想念她。」

白霜行點頭：「有空常聯絡。」

「對了，還有季風臨。」陳妙佳看手機裡的聊天軟體一眼，不久前傳給季風臨的訊息，到現在仍然沒有回應。

「他或許正在忙吧。」她說：「等他回覆，我立刻打電話給妳——或者，我把季風臨的聯絡方式傳給妳怎麼樣？」

白霜行笑：「那就謝謝了。」

她說話時看了看江綿。

在此之前，小朋友一直表現得滿心期待，現在親眼見到白霜行送出好友申請，像是近鄉情怯一般，江綿抿著唇摸了摸耳朵，把身子挺得筆直。

沈嬋看出女孩的不自在，摸摸她的腦袋：「綿綿緊張了？」

江綿有些害羞：「……嗯。」

她們已經得到聯絡方式，又知道季風臨就讀的學校與科系，無論如何，想要找到他，都是輕而易舉。

原來不只考試會緊張，一直憧憬的事情即將發生，同樣會讓人感到手足無措。對於季風臨而言，距離上一場白夜結束，已經過去兩年了。

這一次，她會見到真正的、而非殘存意識碎片的哥哥。

陳妙佳預訂了二十分鐘後的客運，即將前往車站，沒辦法在這裡繼續逗留。等她告別，咖啡館的桌前，剩下白霜行、沈嬋和江綿。

「啊……累死了。」沈嬋靠躺在沙發上，長出口氣：「我們在這裡坐一下吧？經歷一場白夜，我像被妖精吸乾的唐僧——霜霜，妳比我還累，想不想吃點什麼？」

她可沒忘，最後對付神像和校長時，幾乎是憑藉著白霜行一己之力，一路硬生生碾了過去。

「綿綿也休息一下吧。」白霜行揉了揉眉心，瞧沈嬋一眼：「說起白夜……妳得到什麼技能了？」

完成第一次白夜挑戰後，每個人會得到一項專屬技能。

技能的種類五花八門，其中不乏稀奇古怪的能力，要論來由，似乎與本人的性格、特長和實力有關。

她很早之前就想問這個問題，但剛回到現實世界就遇到了陳妙佳，隨後便是對白夜、對校長和秦老師的討論，完全沒有空出時間。

「技能？」沈嬋一拍腦門，終於想起來還有這件事：「對對對，我差點忘了……那東西叫『言出法隨』，妳稍等，我看看詳細解釋。」

她一邊說，一邊點開腦海中的白夜技能面板。

一行小字迅速浮現。

『恭喜挑戰者啟動專屬技能！』

『姓名：沈嬋。』

『技能：言出法隨。』

『技能簡介：語言，是妳獨特的武器；嘴，是妳忠實的夥伴。使用技能後，挑戰者說出的話語有一定機率變為現實。舉例如：「某某手上的傷口立即復原」、「在我手中出現一把刀」、「某某今夜必死」等。』

『使用限制：每場白夜挑戰僅限兩次。』

沈嬋大致轉述一番，說到最後，撓了撓頭：「聽起來挺好，不過……在技能面板的末尾，還有一段注釋。」

『請注意：該技能受技能等級、挑戰者自身實力、挑戰者意志狀態影響，目前失敗機率較大，且不可越級使用。』

白霜行認真聽完，冷靜分析：「它的意思是，就算妳想讓某某今晚必死，那個『某某』，也只能是實力比妳更低的角色。」

這個設定合情合理。

「言出法隨」，說出的話語能在白夜裡成真，本身就是個非常恐怖的技能。

如果不加以限制，沈嬋大可放言「白夜立刻結束」、「白夜裡的所有鬼怪瞬間消失」、「個人系統裡立馬多出一萬積分」，那樣一來，白夜挑戰會直接被她玩崩。

「不過，就算受到限制，這個技能也很厲害了。」白霜行笑笑：「妳看舉例的那幾個例子，既能治療傷口，又能變出武器，面對鬼怪，甚至可以對祂們造成傷害——完全沒有缺點，什麼事情都能做到。」

她頓了頓，若有所思：「而且，白夜裡的技能可以利用積分升級。如果存到足夠的積分，『言出法隨』能夠做到的事情，一定會越來越多。」

白霜行哄人一直很有一套。

沈嬋被誇得開心，摸摸鼻尖，得意地揚起嘴角。

不管怎麼說……至少在下一場白夜裡，她能幫到一些忙了吧。

不對。呸呸呸。

希望她們這輩子都不要再被捲進白夜裡才好，如果可以的話，她寧願讓這個技能澈底落灰。

視線停在技能面板，忽然意識到什麼，沈嬋眼皮一跳：「語言，是我獨特的武器；嘴，是我忠實的夥伴——白夜是在諷刺我話多？」

白霜行笑得更厲害：「話多換來這樣一個技能，挺好的。」

她說完低下頭，感受到手機震了震，有人傳來新訊息。

是陳妙佳嗎？

白霜行心下一動，順手點開螢幕。

可惜不是。

傳訊息的人是大她一屆的美術社學姐，一段文字後，附帶一個軟萌貼圖。

『霜霜，上次妳借我的畫集看完啦，非常感謝！明天我要去外地寫生，回不了學校，畫集托小季在社團活動的時候還給妳。』

——小季？

在腦子反應過來之前，白霜行的手指已經飛快打出兩個字：『小季？』

『對啊。』對方回覆：『就是那個！高高瘦瘦的，社團活動經常坐在妳後面的學弟，妳不會沒有印象吧？』

然後是個驚訝的貼圖。

學姐停了一下，立馬又傳來訊息：『真的沒印象啊？我覺得其實可以留意一下。他每次的位子都離妳很近，不太像巧合——而且，說實話，他還蠻好看的。』

小季。

在他們美術社裡，有這個人嗎？

近兩天發生過的一切漸漸串連，白霜行隱隱明白前因後果。

與此同時，猝不及防地，手機鈴聲突然響起。

她看了來電顯示一眼，有點意外。

居然是徐清川，那個在「惡鬼將映」裡遇到的隊友，如果沒記錯的話，他在A大讀軟體工程。

季風臨也是。

「抱歉。」咖啡廳中央坐著不少人，白霜行對沈嬋和江綿晃晃手機，指了指不遠處安靜無人的貨架：「我去那邊接一下電話。」

沈嬋點頭，對她比出一個OK的手勢。

這間咖啡廳面積不小，角落裡擺放著一排排富有文藝氣息的木架，架子上是不同品牌的罐裝咖啡，以及幾盆綠油油的植物盆栽。

白霜行仰頭逐一看去，拇指滑過手機螢幕，接通來電。

電話另一頭，是徐清川熟悉的嗓音：『白霜行嗎？』

「嗯。怎麼了？」

『我最近遇到一件怪事！』徐清川語氣很急：『真的很奇怪，可能和我們上一次進入的白夜有關——妳還記得江逾嗎？』

白霜行心口跳了跳：「嗯。」

『我跟妳說過，「惡鬼將映」是我的第二場白夜。』事情太過匪夷所思，徐清川努力組織語句：『第一次進入白夜，我是和宿舍的幾個同學一起。在那場白夜挑戰裡，我沒做事，被另一個室友全程帶飛。』

白霜行沒插嘴，耐心聽。

『那個室友……怎麼說呢，非常聰明，但性格陰沉沉的，從來不和我們交流。』他深深吸了口氣：『沒想到，等我從「惡鬼將映」出來以後，他居然像變了個人似的，不但性格溫溫和和，還成了我最鐵的哥們——我問身邊其他人，他們都說，他一直是現在這樣。』

白霜行抿了抿唇。

在她心中，已然浮起一個人的名字。

『我當時傻眼了，百思不得其解，後來仔細想想，總覺得他和「惡鬼將映」裡的江逾長得很像。』徐清川說：『其實第一次見到江逾，我就想到了他，但兩個人的名字完全不同……於是我沒往下多想。』

他說到這裡，語氣漸漸凝重，把音量壓低：『不久前，我傳訊息問他認不認識江逾——妳猜他說什麼？』

白霜行沉默一刹，輕聲開口：「江逾是他的舊名。」

電話另一頭的徐清川明顯呆了一下。

『對！就是這樣！』他有些激動，語速更快：『妳說，會不會是白夜裡的劇情被改變，從而影響了過去的歷史？只有妳、我和文楚楚三個身處白夜之中，所以記憶沒發生變化。』

他的猜測八九不離十。

白霜行低低「嗯」了一聲，逐漸拼湊出完整的來龍去脈。

在原本的故事線裡，江逾，也就是季風臨，親眼目睹妹妹死亡後的場景，一夜之間，家裡只剩下他和賭鬼父親。

惡人沒有得到惡報，而等待著男孩的，只會是日復一日的折磨與打罵。

後來他或許離家出走，又或許被他人收養，改名換姓上了大學，由於童年時期的遭遇，性格冷淡、生人勿近。

直到白夜降臨。

在那場白夜裡，由於白霜行使用了技能「神鬼之家」，他最終見到妹妹江綿，並與她看了人生中的第一部電影，生出重逢的希望。

與此同時，賭鬼父親遇上江綿化作的厲鬼，和百里一樣，當夜暴斃。

這是一段截然不同的人生。

從那之後，季風臨離開百家街、前往育幼院生活，林林總總的轉折，讓他的未來發生了翻天覆地的變化。

再然後……

白霜行想起美術社學姐傳來的訊息。

有個姓「季」的學弟加入美術社團，沒怎麼和她搭過話，只在每次社團活動時，默默坐在她身後不遠處。

從小到大，季風臨一直都記得——

記得數年之後的白霜行，記得那兩次光怪陸離的白夜，也記得在興華一中，朝陽出現時，有關「兩年後再次相見」的約定。

但對於白霜行而言，自己進入白夜不過兩三天。

在此之前，她不可能認出他。

原來是這樣。

所以……其實她根本不需要費盡心思去尋找季風臨。

在更早時，那個人已經主動來到她身邊。

不自覺地，白霜行很輕很輕地笑了一下。

「白夜的確能改變某些人的記憶，你不用太擔心。」她拿著手機，對另一頭的徐清川說：「改天我們見個面，仔細討論這件事情，怎麼樣？」

徐清川求之不得：『當然沒問題！』

「順便問問。」白霜行心情莫名不錯，微微仰頭，看向木架上的排排罐裝咖啡：「你那位室友，他現在──」

她說得不疾不徐，隨著視線一晃，聲音忽地頓住。

現在是日光和煦的下午，咖啡廳裡明朗亮堂，哪怕在這片寂靜無人的角落，也四處瀰散著陽光。

然而此時此刻，在她身後，倏然有抹漆黑的影子無聲罩下。

有人站在她身後，腳步輕得讓人難以聽見，身上散出淡淡的洗衣粉清香。

他很高。

修長的影子將她籠罩，緊隨其後，白霜行看見一隻骨節分明的手。

「這種咖啡味道很苦。」那人開口，拿起她正看著的罐裝咖啡，嗓音溫和，比高中時候更加低沉悅耳：「陳妙佳說，妳們或許在這裡。」

意識恍惚片刻，白霜行側身抬頭。

日光灑落窗臺，在木製貨架上，留下淌動著的細碎光斑。

入目是一張熟悉的臉，比起兩年前，他的個頭更高，面部輪廓也更流暢硬朗。

柳葉眼，高鼻樑，薄嘴唇，髮絲柔軟漆黑，乖巧地搭在額頭。

與白霜行四目相對的瞬間，季風臨眨眨眼，彎起唇邊。

「好久不見。」他的雙眼勾出小小的弧，喉結倏動，把最後兩個字咬得格外清晰：

「白霜行……學姐。」

第十三章　禮物

意料之外的重逢。

白霜行怔松，看看季風臨，又遠遠望沈嬋和江綿一眼。

季風臨應該和她們打過招呼了。

這時沈嬋正側著腦袋，見到白霜行錯愕的表情，一瞬間咧嘴笑開；江綿則用兩隻手撐住腮幫子，一雙圓溜溜的黑眼珠眨呀眨，投來期待的視線。

這群人……

「今早我來祭奠秦老師，在回程的車上，收到陳妙佳的訊息。」季風臨後退一步，與她隔開一段安全距離：「當時睡著了，沒有及時回覆，抱歉。」

之後的事情，白霜行能猜到。

他從車上醒來，看見手機上的聯絡人資訊，立刻下了車，向陳妙佳詢問白霜行等人所在的地點。

恰好，她們沒離開咖啡廳。

於是就這樣毫無徵兆地相遇了。

白霜行不知怎麼鬆了口氣，指指不遠處的木桌：「去坐坐？」

下午陽光很好。

江綿喝下一口卡布奇諾，新奇醇厚的口感溢散於舌尖，讓她發出一聲小小的驚嘆。

白霜行抽出一張紙巾，幫小朋友擦去嘴邊白鬍子一樣的奶沫。

「所以，」季風臨看著她的動作，「我們之前兩次見面，都是在白夜裡。」

他很聰明，用了篤定的陳述語氣，而非疑問句。

「嗯。」白霜行點頭：「我昨天和沈嬋去電影院看電影，進入了名為『惡鬼將映』的白夜，也就是十年前的百家街。」

她頓了頓，留給他思考的時間：「我的技能叫『神鬼之家』，可以與鬼怪簽訂契約，並把祂們帶回現實世界——第一個與我定下契約的，是綿綿。」

「為了幫綿綿找到你，我們今天先是去了百家街，又來到興華一中。」沈嬋頗為感慨：「沒想到又遇上一次白夜。兩天兩場，這運氣真是頂尖。」

直到現在，還有不少人連一次白夜都沒遇見過。

「很奇怪的是——」白霜行喝了口咖啡：「我們是最近經歷白夜，但對你而言，白夜裡的這些事情，在很久以前就已經發生了。」

「嗯……」沈嬋一語中的：「就像是，我們穿越到幾年前，改變了過去一樣。」

的確很像穿越時空。

「白夜和現實世界的時間，似乎並不相通。」季風臨：「它就像一個獨立於現實之外的空間，不管現實世界過去多少年，白夜始終停留在原本的時間點。所以，當你們打破白夜，會直接改變當年的歷史——可以這麼理解嗎？」

白霜行點頭，遲疑一瞬：「既然過去改變了，那……」

她想起徐清川說過的話。

在徐清川的記憶裡，「季風臨」沉默寡言又不合群，與今時今日的性格截然不同。

想來也是，過去尚未改變之前，他經歷過那樣的童年，怎麼可能外向得起來。

白霜行：「關於原本的人生軌跡，你還記得嗎？」

面前的人笑了下。

「偶爾會做一些夢。」季風臨說：「不過沒關係。」

他一語帶過，沒有多談，但從話裡分析，應該隱約記得些許。

白霜行默了默，抬起眼，在重逢之後第一次認真地打量他。

高挑雋秀，仍未褪去乾淨的少年氣，看起來永遠溫溫柔柔的，像從來不會生氣。

但她直到現在也沒忘記，在白夜即將結束時，邪神的力量籠罩興華一中，校長遭到侵染變成怪物。

當其他學生驚慌失措四處逃竄，只有他拿著小刀，斬斷怪物一條條觸鬚。

那是地獄一般的景象，紅霧漫天、血絲遍地，季風臨的藍白制服沾滿鮮血，但見到她，還是溫和地笑了一下。

他究竟在想什麼，白霜行有點看不透。

「徐清川說，你們進過一場白夜。」白霜行收回思緒：「從白夜離開以後，你也得到技能了吧。」

「嗯。」季風臨點頭：「是『風』。」

「風？」沈嬋恍然：「對哦，我在白夜論壇上看到過，有些人能控制水、火和雷電等等的元素。」

季風臨沒有隱瞞，毫無保留地說了技能細節。

「每場白夜可以使用三次，能夠操控程度不同的風。」他緩聲說：「風力的大小，取決於技能等級和我本身的實力——我還沒進過第二次白夜，沒辦法使用技能，所以暫時不確定它能被利用到什麼程度。」

說到這裡，季風臨很誠實地笑了笑：「殺傷力強悍的颶風，應該是造不出來的。」

白霜行揚唇：「希望你不要得到使用技能的機會——白夜那種地方，還是不去為好。」

「借妳吉言。」眼見江綿喝完一杯卡布奇諾，季風臨摸摸女孩的腦袋，忽地抬起眉眼，與白霜行四目相對。

「時候不早了。在白夜裡辛苦這麼久，我請妳們吃頓飯吧。」

幾人都住在江安市，於是乾脆先回到江安，再找個風評不錯的西餐廳。

江綿第一次吃西餐，像隻充滿好奇的兔子，等餐點端上桌，眨了眨眼睛。

季風臨很有耐心，為她逐一介紹每種食物。

從之後的交談中，白霜行大概知道他更多的人生軌跡。

收養他的是個單身男作家，整天整夜宅在家裡埋頭寫稿，去育幼院時，恰好見到一個小孩溫馴乖巧還格外懂事，於是兩人一拍即合。

沈嬋好奇：「上大學以後，你是怎麼找到霜霜的？你總不能提前知道她在A大吧？」

「是巧合。剛開學社團招生，我在美術社附近看見學姐。」不知想到什麼，季風臨笑了笑：「我沒想太多，上前打了招呼。」

沈嬋當即明白過來：「但在那時候，霜霜還沒進入白夜，不可能認出你。」

那是場陰差陽錯的烏龍。

白霜行一愣。

當時她完全沒有關於季風臨的記憶，陡然見到一個陌生人前來搭話，一定毫不猶豫拒絕了他。

在謝絕搭訕這門學問上，白霜行輕車熟路。

對於她而言，那只不過是一次再尋常不過的禮貌回絕，但……

被她滿臉漠然地避開時，季風臨心裡會想什麼呢？

她胡思亂想，目光定在季風臨身上，不經意間，瞥見他耳垂上的一抹薄紅。

「後來算算時間，我雖然想不出原因，但嘗試著猜測，可能是因為兩年還沒到。」季風臨說：「於是就加入美術社了。」

包括住在同一個寢室的徐清川也是。

季風臨記得他的臉，曾經好幾次旁敲側擊，詢問他是否記得百家街四四四號，但得到的答覆從來都是「沒聽說過」。

他一直在等。

直到今天，終於收到那則來自陳妙佳的訊息。

至此，散亂的時間線得以重合。

「你也真是耐得住性子。」沈嬋由衷感慨：「如果是我，要麼直接告訴那個人一切，要麼等那個人恢復記憶，自己來找我。」

像季風臨這樣一直默不作聲陪在白霜行身邊，沈嬋試著想了想，覺得她一定會被滿肚子想說的話憋死。

再說，季風臨還算幸運，兩年後果真等來了重逢。

如果白霜行遲遲記不起他，難道他還能等一輩子？

這餐飯味道不錯，江綿吃得尤其開心。

從小到大，她只在電視機裡見過西餐廳，無論甜點還是義大利麵，在她看來，都是十分新奇的體驗。

茄汁意大利麵微微發酸，牛排被黑椒醬汁渾然包裹，奶油蘑菇湯是甜甜鹹鹹的口味，舒芙蕾則是奶香綿密，一口咬下，彷彿陷入軟綿綿的雲端。

更讓女孩感到高興的是，今天不僅終於找到哥哥，兩個姐姐也陪在她身邊——

大家說說笑笑，就像她在電視劇裡，見到的「家」一樣。

曾經那個充斥著酒氣、毆打與辱罵的地方，並不能算是家。

吃完飯，趁著時間還早，白霜行提出一起去逛商場。

上次她和沈嬋選了幾件新衣裳給江綿，但女孩子的衣服永遠不嫌多。等閒逛一段時間，幾人即將離開商場，季風臨手裡多出滿滿的大包小包。

他挑得認真，反而是江綿這個小朋友表現得最精打細算，在一件件五顏六色的新衣服裡眼花繚亂：「不行不行，不用不用，這個好貴，那個也好貴……嗚！」

白霜行沒忘記他的學生身分，湊近了小小聲：「餘額沒關係嗎？」

「沒關係。」季風臨頷首笑笑：「我和室友在做一些簡單的軟體開發。」

白霜行：「……」

差點忘了，這人從小聰明，不缺錢路。

她一時沒說話，忽然聽季風臨開口：「學姐——」

只不過這兩個字剛出口，他就噤了聲。

白霜行：「什麼？」

季風臨沉默一刹。

夜色融融，商圈裡的燈光淌動在他的髮間，連眼底也氤氳出一層模糊的微光。

他像是有些遲疑，看向白霜行的雙眼，語氣認真：「妳想要什麼禮物嗎？」

頓了頓，很快補充：「辛苦妳一直照顧綿綿，還有當初在電影院裡……是謝禮。」

白霜行沒想到他會這樣說，略微怔了怔。

「沒什麼好謝的。」她笑：「今天能見到你，就已經很開心了。」

她想表達的意思是久別重逢，但總覺得莫名其妙有些歧義，說不出哪裡怪怪的。

不等她繼續補充，就見季風臨眨了眨眼，略微低下頭去，從嘴角揚起一個弧度。

他沒說話，也沒出聲，好一陣子，才低低應道：「嗯。」

江綿身為厲鬼，如果待在白霜行的「神鬼之家」，能得到更好的休憩與恢復。更何況季風臨住在男生宿舍裡，一個小女孩去了難免覺得彆扭，經過一番討論，還是由白霜行把小朋友帶回家。

今天比昨天更加疲憊，等好不容易推開家的大門，白霜行、沈嬋與江綿精疲力盡，如同三塊大小不一的黏土，躺倒在沙發上。

「終於——回家了！」

在白夜裡經歷了身體與心靈上的雙重摧殘，沈嬋從未有任何時刻像現在這樣，如此深愛她的大沙發。

「挑戰者沈嬋，生命值恢復中，百分之一、百分之二、百分之三……」

江綿也很累，小心翼翼側過身，從購物袋裡一件件拿出哥哥買的新衣服。

「妳哥哥的審美還不錯嘛。」白霜行用手撐起下巴，忽然心下一動，從沙發上直直坐起：「對了——」

「第一條校規」結束後，她多了一位新的家人。

點開腦海中「神鬼之家」的技能面板，找到秦夢蝶的人物框後，白霜行按下召喚。

其實在西餐廳裡，她就嘗試過邀請秦夢蝶出來，但不出所料，對方沒有接受。

——不僅是外形上的不同，秦夢蝶受到邪神侵染，意識仍然處於渾渾噩噩的狀態，一旦到了人多的地方，或許會惹出麻煩。

家裡沒有外人，不過兩秒鐘，一抹淡淡的紅影浮現於眼前。

趁著技能面板還在，白霜行點開「家譜」畫面。

江綿毫無疑問是家裡的「妹妹」，至於宋家奶奶，她已經有了一個親孫女，白霜行總不能取而代之。

思索片刻，在她的家族關係上，白霜行選擇了「遠房奶奶」。

與此同時，柔軟的沙發上，秦夢蝶緩緩睜開雙眼。

她的意識不太清晰，但牢牢記住眼前幾個女孩的身分，見到她們，露出蒼白的笑。

其實秦夢蝶有張清秀婉約的臉，骨架小巧、骨相精緻，只有膚色和眼珠與眾不同。

江綿也是這樣。

因為外形上的異樣，她們不敢出現在大庭廣眾之下，就算只是普普通通走在路上，江綿也始終不忘戴好太陽眼鏡。

白霜行與沈嬋對視一眼。

關於這件事，她們早就商量過。

「鏘鏘！」如同變戲法似的，沈嬋亮出那個一直被她提在手裡的購物袋：「是禮物！」

與季風臨告別後，她們又回到商場中，買了點別的東西。

江綿年紀小，沒有接觸過這些東西，於是懵懵懂懂陪在她們身邊，乖巧等待。

此時此刻，沈嬋話音落下，小朋友呆呆愣住。

她身後的秦夢蝶也歪了歪腦袋。

……禮物？

「是專門買給妳們的。」沈嬋熟練打開袋子，從中拿出大盒小盒：「綿綿不是總覺得自己的眼睛和別人不同嗎？這是變色片。」

變色片？

從來沒聽說過的陌生詞彙。

江綿茫然眨眼。

「雖然綿綿年紀小，但如果是鬼魂的話……戴隱形眼鏡應該不會出問題吧。」白霜行彎了彎嘴唇，笑著看她，嗓音被驟然壓低：「變色片就是新的眼珠子哦。只要換上新眼珠，別人就看不出妳有什麼異常了。」

江綿：！

小厲鬼被嚇得渾身一震，飛快摸摸自己的眼睛。

「這是從哪裡來的壞姐姐！不要嚇唬小孩啊喂！」沈嬋忍著笑，義正辭嚴：「綿綿別聽她胡說，這人在嚇妳。」

她一邊打開盒子，一邊簡單介紹功能和用處，拿起其中一副：「想試試嗎？」

江綿沒有拒絕。

白霜行發現，她有點害羞。

厲鬼的瞳孔漆黑空洞，隨著沈嬋的動作，被戴上深棕色隱形眼鏡。

或許是覺得彆扭，江綿不太自在地碰了碰眼皮。

「哇——」沈嬋只見過江綿厲鬼時候的模樣，低頭將她端詳一遍，非常滿意地揉了揉女孩的臉：「我們綿綿！超可愛！」

江綿低著頭，耳垂泛起淺淺的紅：「謝謝……謝謝姐姐。」

白霜行遞來一面小鏡子：「看看吧。」

室內明亮溫暖，鏡面光滑，倒映出女孩的模樣。

膚色還是很白，由於生前營養不良，頰邊格外消瘦，看起來小小一團。

但好在，那雙漂亮的杏眼不再暗淡陰沉，在燈光照射下，四散出琥珀般的微光。

江綿看著鏡中的自己，一時恍神。

在很長一段時間裡，她幾乎要忘了自己的長相。不敢去水邊，不敢照鏡子，也不敢見人，每每想到自己，浮現在心頭的，永遠是張血肉模糊、死氣沉沉的臉。

原來……她也能變成鏡子裡的這副模樣嗎？

「別忘了新買的衣服哦。」白霜行摸摸她的腦袋，語氣親暱：「去穿上試試吧。」

女孩點點頭。

她年紀小，又在那樣的家庭環境裡長大，不會說多麼天花亂墜的話，只能認真回答：「謝謝姐姐。」

江綿去臥室裡換衣服，沈嬋轉頭，看向沙發另一邊的秦夢蝶。

在「第一條校規」裡，她曾見過秦夢蝶活著時候的模樣。

那是個樸素溫婉的年輕女老師，臉上不施粉黛，看不出有什麼裝飾，穿的衣服也是極盡簡潔，布料不算太好，有幾個小小的線頭。

之前在商場裡，她和白霜行也買了幾件新衣服給秦老師。

「我看看，還剩下這些顏色……」白霜行掃視盒子一圈：「深灰、褐色還是墨綠？」

身後黑髮飄蕩，秦夢蝶偏了偏腦袋：「深……灰？」

是她挑選的顏色！

沈嬋心滿意足，得意地打了個響指。

秦夢蝶還保有幾分意識，對於白霜行很信任，被戴上隱形眼鏡時，從頭到尾沒有掙扎。

順利戴好時，江綿恰巧穿上新衣服，輕輕推開門，露出毛茸茸的腦袋。

白霜行循聲望去，向她招招手。

緊接著，女孩從房中走出來。

她穿著奶白色毛衣，搭配舒適柔軟的雪白針織長褲，頭髮有些凌亂，蓬蓬地散開。

被白霜行和沈嬋同時盯住，江綿緊張得攥緊袖口，因為太害羞，始終垂著頭。

像隻怯怯的、軟綿綿的貓咪。

白霜行不由自主揚起嘴角：「可愛吧？」

「可愛。」沈嬋的感嘆發自真心：「超可愛！」

她說著噔噔噔跑下沙發，一把抱起門邊的江綿，順手揉揉她冰涼的臉。

女孩被猝不及防抱起，倏然睜大雙眼，一張小臉紅得彷彿要滴血。

這更加激起沈嬋的好奇心：「奇怪，鬼魂也會臉紅嗎？臉不燙啊。」

白霜行想了想：「鬼魂相當於人們生前殘留的意識，所以會出現各種生理活動吧。」

準確來說，是「潛意識的自主模仿」。

譬如現在的江綿，雖然沒有體溫，但在她的潛意識裡，害羞總會伴隨著升溫臉紅。

於是小朋友變成一個紅蘋果。

「禮物還不只這些哦。」白霜行靠近購物袋，從裡面拿出一瓶粉底液，看向沈嬋：「妳幫綿綿塗粉底，我幫秦老師換衣服吧。」

沈嬋比出OK手勢。

又是陌生的詞語。

江綿迷迷糊糊，被沈嬋穩穩放在沙發上。

緊隨其後，便是一隻手拂過她的臉頰。

「越看越覺得，綿綿是個美人胚子。」沈嬋很喜歡捏她的臉：「等明年夏天，我們買好多好多裙子給妳。」

她動作熟稔，把粉底液靈巧推開，覆蓋住女孩毫無血色的慘白皮膚：「好啦——！」

江綿還沒反應過來，就見那面鏡子又一次出現在眼前。

她愕然呆住。

鏡子裡的人，和她活著的時候，沒有太大不同。

唯一細微的差別是，活著的時候，除了哥哥，她從沒被誰像這樣貼心地對待過。

一時沒人說話，咔擦一聲，白霜行帶著秦夢蝶從房間裡走出。

身穿純黑長裙的女人足尖踮起，輕飄飄浮在半空，長髮交錯纏繞，像是一片朦朧的霧。

她的雙眼是柔軟的深灰色，色澤不算濃郁，讓人想起春日平靜的湖泊，皮膚則是淡淡的白，宛如月色。

不知道是不是錯覺，秦夢蝶居然也顯出幾分拘謹靦腆，耳垂微紅。

「陳妙佳說，她會把買給秦老師的藍裙子寄過來。」白霜行將她上上下下欣賞一遍：「這件黑色的也不錯。」

「頭髮也很漂亮。」沈嬋笑：「飄來飄去的，像電影特效一樣——女明星都做不到這樣。」

秦夢蝶轉了轉眼珠，長髮浮空，遮住半張臉。

白霜行看出她的害羞，拉住她的手腕。

離開白夜後，邪神對她的影響也在一天天減弱。

也許不久之後……她能恢復全部的意識。

「這樣就沒問題了。」沈嬋長出一口氣，終於能靠在沙發上休息：「只要用隱形眼鏡和粉底，今後綿綿和秦老師就能隨心所欲和其他人見面，不用顧忌太多。」

白霜行領著秦夢蝶在沙發上坐下，抱起身旁的江綿。

女孩乖巧安靜，如同大型洋娃娃。

秦夢蝶低頭看著她，半晌，嘴角揚起清淺笑意：「綿綿……很可愛。」

現在的時間已經有些晚了。

夜色沉沉，一輪澄黃的圓月懸在窗邊，屋子裡安靜又溫暖，散發著淡淡香薰氣味。

一天的疲憊帶來止不住的睏意，江綿凝視著秦夢蝶溫柔的側臉，笨拙地伸出雙手，抱了抱身旁的另一名厲鬼。

很冷，很輕盈。

「秦姐姐也很好。」她打了個哈欠，感受著徐徐氣息將自己漸漸包裹，好似墜入鬆軟的雲。

也像真正的家。

江綿揚起嘴角，閉上眼睛：「……很漂亮。」

第十四章　偵查局

入夜闃然，白霜行把熟睡中的江綿輕輕抱回臥室。

連續經歷兩場白夜，身心疲憊到極點，上床後，頭剛碰到枕頭，便有無盡睏意襲來。

一夜無夢。

或許因為太累的緣故，第二天睜開雙眼看看鬧鐘，已經到了中午。

今天是星期一。

昨天夜裡上床之前，白霜行傳訊息給助教請了假，得知她被捲入白夜，對方嚇了一跳，叮囑她千萬要好好休息。

所有人都知道，進入白夜，無異於在死亡線上掙扎求生。

睡了一整晚後，身體的疲憊感終於有所緩解，但還是不太想動彈。

白霜行在床上平躺一下，雙眼無神靜靜放空，良久，懶洋洋打了個哈欠，點開白夜的積分商城。

她一直沒忘，商城裡有個增加體能的試劑。

無論身處哪種白夜，足夠的體能是生存的基本。

試劑需要二十積分，白霜行沒有猶豫，直接買下。

下一秒，耳邊響起系統提示音：『已成功購買！請問挑戰者需要立刻使用，或是暫時儲存？』

白霜行選擇『立刻使用』。

體能試劑使用成功，身體沒有明顯的變化，不過精神狀態好了不少。

她慢悠悠起身，洗漱後打開房門，不出所料，客廳裡坐著沈嬋。

白霜行頓了頓。

奇怪的是，江綿和秦夢蝶不見蹤影，而且客廳裡……不只沈嬋。

在沙發正中央，還有一對陌生男女。

女人短髮齊肩，身穿一件風衣款式的工作制服，脊背挺得筆直，看起來乾淨俐落。

男人很年輕，應該剛從大學畢業沒多久，劍眉星目，十分有朝氣。

聽見她開門的聲音，女人轉過頭來，神色有些冷。

「妳醒啦！」沈嬋的表情和平日裡沒什麼不同，瞥見白霜行終於起床出門，大大咧咧笑了笑：「這兩位是偵查局的探員，來調查白夜的事。」

「偵查局」是白夜降臨以後，國家新成立的機構，主要職能為「研究白夜的出現原因及解決方法」。

一旦有人成功通關白夜挑戰，偵查局就會對其進行走訪取證。

對於全體人類來說，白夜是個無解的謎，想要將它勘破，只能一點點搜集資訊。

「妳好。」女人開口，嗓音清冷：「我叫薛子真。」

男人咧嘴笑笑：「我是向昭，實習生。」

白霜行頷首打了個招呼，說出自己的名字。

對於偵查局探員的突然出現，她並沒有感到意外——

通關「惡鬼將映」後，白霜行曾在偵查局的官方網站上報備登記過。

就算她不主動報備，以偵查局的本事，也能找到她。

「他們應該有很多問題想問妳。」沈嬋伸了個懶腰：「我先去做早餐，三位慢慢聊。」

她行動飛快，站起身噔噔噔走向廚房，經過白霜行身邊，若無其事地說：「綿綿和秦老師回去了。」

白霜行和她交換視線，揚了揚唇角。

想來也是，她們不願見到陌生人，一定早就回到「神鬼之家」了。

「關於『第一條校規』，沈嬋小姐已經對我們進行過說明。」薛子真語氣認真：「在最後，妳們……毀掉了白夜？」

向昭雙目炯炯有神，像是很感興趣。

「是的。」白霜行沒有隱瞞：「她應該也有告訴你們，自從白夜消散，現實隨之發生改變吧。」

薛子真目光微沉：「嗯。」

停頓一秒，她繼續道：「其實……在世界各地的眾多場白夜裡，不只妳，也曾有極少數的其他人對它進行過破壞，而且無一例外，全都影響了過去。」

果然是這樣。

白霜行若有所思。

「只不過這種案例極少，畢竟妳也知道，在大多數人看來，連通關白夜都是一件難事。」薛子真說：「白小姐，有關白夜能改變過去的事，希望妳能保密。」

白霜行沒猶豫：「我明白。」

破壞白夜，類似於穿越時空。

一旦這個消息遭到洩露，被有心之人鑽了空子，不知道會發生什麼事。

「這是一份保密協議。」薛子真笑了笑，遞來一份薄薄的文件：「沈小姐已經簽署完畢。」

白霜行順勢接下。

「接下來，我們想問問有關『惡鬼將映』的細節。在白夜結束後，白小姐第一時間進行報備，非常感謝妳的配合。」薛子真道：「在那場白夜裡……妳獲得了名為『神鬼之家』的技能，對吧？」

白霜行簽下姓名，把文件遞還回去：「是的。」

短髮女人垂著眼，露出思索的表情。

「這是個非常特殊的技能。如果白夜是一款遊戲，那麼白小姐，妳的能力稱得上Bug。」薛子真說：「雖然有些冒昧……但，請問妳知道，自己為什麼會被這樣的能力選中嗎？」

白夜裡，每個人的技能與性格、實力、成長經歷息息相關。

醫生的能力大多偏向於治療，脾氣火爆的人則大概率得到攻擊類型，沈嬋表達欲望強烈、善於傾訴，因而技能是「言出法隨」。

那白霜行呢？

室內一時安靜下來，沒有人開口說話。

白霜行想了想：「或許是因為，我母親去世很早的緣故吧。」

一旁的向昭神情微滯，略顯侷促地撓了撓頭。

白霜行本人卻是語氣平靜：「我爸工作很忙，所以從小到大，我與家人相處的時間很少。」

她說完笑笑：「就是這樣。接下來，我詳細說說『惡鬼將映』吧？」

白霜行言簡意賅，把百家街裡發生的來龍去脈說清楚。

薛子真聽得認真，不時露出淡淡的愕然之色，只不過被她藏得很好，看不大出來。

比起她，身為實習生的向昭情緒就顯得外露許多，時而驚訝，時而緊張，聽到白霜行幫厲鬼結陰親，當即驚嘆一聲：「原來妳就是論壇裡的那位大佬！」

薛子真瞥他一眼。

白霜行一愣：「什麼？」

「就是白夜論壇，很多人在那裡討論關於白夜的事情。」向昭拿出手機，熟練地打開論壇，點進最熱門的一個文章：「妳看。」

他說著遞來手機，白霜行低頭看去。

標題赫然是一行大字：《不是吧，居然有人能把白夜玩崩！》

白霜行右眼皮跳了跳。

往下看，是文章內容。

ID：『一個平平無奇的馬甲』。

『事情是這樣的，就在今晚，我被拉進一場白夜。

白夜系統大家都知道吧，成天臭著張臉，拽得跟什麼似的，巴不得挑戰者全死光。萬萬沒想到，今晚我遇上的那個，居然向我搭話了。

它先是詳細查一遍我的技能，然後破天荒地問我，昨天和今天中午有沒有進入白夜。

我的回答當然是沒有啊。昨天今天連著進入兩次白夜，我不成冤大頭了嗎？』

看到這裡的白霜行：「……」

很好。

冤大頭竟是她自己。

文章沒有完全寫完，有幾個網友被標題吊起了好奇心。

ID：葉夜——『然後呢？這和標題有關係嗎？』

ID：深白——『有沒有人能把白夜玩崩我不知道，但PO主的卡文技巧，讓我心態崩了。』

然後是PO主的回覆。

ID：『一個平平無奇的馬甲』。

『別著急，等我慢慢寫。

我回答「沒有」之後，系統居然表現得……像是鬆了口氣。

試想一下，白夜系統鬆了口氣，太怪了吧！

我當時就覺得納悶，問它怎麼回事。那系統脾氣挺好，說最近出現一個熱衷於破壞白夜的極端分子，還警告我別想玩騷操作，不然連自己怎麼死的都不知道。

朋友們，你們能體會我當時的感受嗎？』

ID：果汁汁——『也就是說……這個所謂的「極端分子」連續破壞幾場白夜，上了系統的黑名單？』

ID：敲敲——『最重要的是，這人居然還活著？怎麼做到的？』

ID：鍵來——『樓上也太容易信以為真了，PO主空口無憑，沒有任何證據啊。肯定是演的吧。』

ID：於是開始摸魚——『演的怎麼了？人生如戲，不能演嗎？愛看就看，不看拉倒！』

白霜行：「……」

薛子真：「……」

「昨天今天連續經歷兩場白夜，系統還特地檢查了技能面板。」向昭一錘定音：「白小姐，和妳對上了。」

「難以想像。」薛子真心情複雜：「如果文章的內容屬實，難以想像，白夜裡居然有這種……貪生怕死的系統。」

不能有點出息嗎？只不過是兩個同事意外暴斃了而已。

白霜行默了默，繼續向下看。

ID：川川徐來——『樓主不一定是演。我真的遇過一個把白夜弄崩潰的大佬，帶著我和另一個隊友一路躺贏。印象最深的是請筆仙，她問筆仙哥德巴赫猜想，直接把厲鬼弄傻了，整場白夜的畫風直奔勵志片。還有陰婚。有隻厲鬼塞了個陰親紅包給她，結果她反向操作，把紅包燒給墓地裡的好幾座墳，讓墳裡的一群惡鬼手撕新郎。說實話，挺歡樂的。』

ID：爹——『我大為震撼……我只進過一場白夜，那次也遇到了筆仙，簡直是噩夢一樣的體驗。所有隊友從頭到尾大氣都不敢喘，後來筆仙不願意離開，還是隊友裡的一個老手兌換一張驅邪符，才硬生生把祂趕走。』

ID：草莓奶昔——『不守男德、一夫多妻的厲鬼活該遭到報應，笑死我了。』

ID：鍵來——『什麼哥哥爸爸猜想，一聽就是假的啊，筆仙是厲鬼欸，不亂殺就不錯了。演的吧！』

白霜行：「……」

徐清川，你的用戶ID真是好清純不做作。

「論壇裡的內容大概就是這樣，還挺紅的。」向昭收回手機，兩眼微微發亮：「我一小時前剛看到這個文章，沒想到立馬就見到本人了。」

薛子真無奈扶額：「一小時前……上班時間，不要看手機論壇。」

向昭悚然一驚，如臨大敵：「是！」

「從這個文章的內容來看，白夜裡的監察系統，很可能會互通資訊。」白霜行思索片刻，看向薛子真：「沈嬋向你們描述過『第一條校規』裡的那尊神像嗎？」

「嗯。」薛子真：「在其他白夜裡，有時也能窺見它的蹤跡。對於它，我們偵查局正在全力調查當中——還請白小姐不要嘗試接觸。」

有關邪神的資訊屬於機密，她當然不會隨意透露給平民百姓。

白霜行沒有多問，禮貌地笑笑。

在此之後，三人按照時間順序整理了兩場白夜的詳細經過，並把「神鬼之家」的技能簡介登錄官方系統。

徵得江綿同意後，女孩在兩名探員面前現出身形。

見到她，即便是薛子真，也忍不住表現出一絲驚奇。

「大部分時間不具備實體，能引起磁場波動。」薛子真拿出磁場探測器，微微皺眉：「和白夜裡的其他厲鬼一樣，的確是意識體。」

既然人類能被拉入白夜，而白夜裡的鬼魂可以置身於現實世界，那白夜與現實之間……難不成可以互通？

白霜行站在一旁默不作聲，心中也漸漸生出同樣的想法。

自從第一場白夜降臨，日復一日地，在世界各地範圍內，人們遭遇白夜的頻率已經越來越頻繁。

會不會有那麼一天……它將占據現實呢？

薛子真與向昭詢問完畢，當沈嬋端著蛋炒麵從廚房出來時，兩人即將起身告別。

「白小姐的技能很特殊。」薛子真看江綿一眼：「截至目前為止，出現在現實世界的鬼魂屬於特例，以後如果有必要，我們可能會再來拜訪。」

白霜行禮貌微笑。

自始至終，她表現得溫和有禮，送兩人到大門時，忽然低聲開口。

「白夜事關重大，為了儘快把它查清，我會全力配合偵查局，知無不言。」白霜行看著短髮女人的眼睛，語氣依然柔和，卻隱隱多出幾分不一樣的情緒：「不過……鬼魂不是實驗品。我對你們交付信任，想必偵查局也能回以尊重，不對祂們使用強硬手段，對吧。」

她用了陳述語氣，雙眼漆黑，讓人猜不透想法。

薛子真靜靜與她對視，末了一笑：「白小姐放心。」

走出白霜行居住的公寓，向昭仍然覺得有些恍惚。

「沒想到就是她連續弄崩了兩場白夜。」剛從大學畢業的年輕人喃喃自語：「長相文文靜靜，說話也溫溫和和的……真是看不出來。她究竟是怎麼做到的？」

回想起白霜行自述的那些操作，哪怕給他八百個膽子，他也不敢去做。

——正常人進入白夜，見到一個又一個凶神惡煞的厲鬼，害怕都來不及，哪有時間去思考反擊。

薛子真瞥他一眼，無聲笑笑：「她可不像看起來那麼簡單。」

向昭一愣：「嗯？」

「我查過白霜行的過去。」薛子真語氣不變，稍稍側過目光，望向身後的公寓：「這棟公寓位於市區，還是新蓋的社區，你猜猜，房價多少？」

向昭悟了：「子真姐，妳的意思是，她家很有錢？」

「白霜行的父親，是江安有名的房地產老闆。」薛子真：「至於她母親——」

聽見最後兩個字，向昭聚精會神。

他清清楚楚記得，白霜行說過，她的母親很多年前就去世了。

「她的父母是商業聯姻，彼此間沒有多少感情。」薛子真說：「或者說，是她母親單方面傾慕她的父親，但後者對此不屑一顧，基本從不著家——不管原因如何，白霜行八歲那年，她母親在家裡割腕自殺。」

向昭張了張嘴，沒出聲。

薛子真沉默片刻，目光漸沉。

「當時正值除夕，保姆回了老家，直到兩天後，有人前去她家拜訪——」她說：「才發現那女人的屍體，以及陪在屍體身邊，守了整整兩天兩夜的白霜行。」

向昭吸了口冷氣。

「這不是最讓人匪夷所思的。」頓了頓，薛子真壓低嗓音：「在那之後……白霜行聲稱，她見到了鬼。」

「鬼？」

「嗯。」薛子真點頭：「據她所說，那些鬼魂像家人一樣守在她身邊，陪她和媽媽度過兩天兩夜。所以直到現在，白霜行仍然會每個月進行心理諮商。」

這是完全超出想像的資訊。

向昭莫名覺得後背發涼：「那她現在，還能見到那些……鬼魂嗎？」

「聽說很早之前就見不到了。」薛子真又一次望向公寓，若有所思：「想想她的技能，她在白夜裡的所作所為——你難道沒有發現，自從見到我們，白霜行一直在笑嗎？」

自始至終保持微笑的人，或許從沒有露出過真心的笑容。

「那她，」向昭試探性發問，「和她爸的關係怎麼樣？」

「和她父親沒什麼來往，外公外婆那邊，感情也很生疏。」薛子真說：「至於她母親，生前鬱鬱不得志，經常把脾氣發洩在她身上。」

向昭喉結一動，想說些什麼，終究沒說出口。

「怎麼說呢。」薛子真雙手環抱，眼底幽深，看不出情緒：「雖然技能叫『神鬼之家』……不過對她而言，真正的家人，應該早就不存在了吧。」

——《神鬼之家（貳）第一條校規》完——

——敬請期待《神鬼之家（參）第三精神病院》——

高寶書版集團
gobooks.com.tw

YS 027
神鬼之家（貳）第一條校規【下】
作　　者 紀 嬰
責任編輯 吳培禎
封面設計 茵萊登曼特
內頁排版 賴姵均
企　　劃 何嘉雯

發 行 人 朱凱蕾
出　　版 英屬維京群島商高寶國際有限公司台灣分公司
Global Group Holdings, Ltd.
地　　址 台北市內湖區洲子街88號3樓
網　　址 gobooks.com.tw
電　　話 (02) 27992788
電　　郵 readers@gobooks.com.tw（讀者服務部）
傳　　真 出版部(02) 27990909　行銷部 (02) 27993088
郵政劃撥 19394552
戶　　名 英屬維京群島商高寶國際有限公司台灣分公司
發　　行 英屬維京群島商高寶國際有限公司台灣分公司
初　　版 2023年09月

本著作物《神鬼之家》，作者：紀嬰，由北京晉江原創網絡科技有限公司授權出版。

國家圖書館出版品預行編目(CIP)資料

神鬼之家. 貳, 第一條校規/紀嬰著. -- 初版. -- 臺北市：英屬維京群島商高寶國際有限公司臺灣分公司, 2023.09
冊；　公分. --

ISBN 978-986-506-824-0(上冊：平裝). --
ISBN 978-986-506-825-7(下冊：平裝). --
ISBN 978-986-506-826-4(全套：平裝)

857.7　　112014811